사르트르의 『구토』 읽기

세창명저산책_035

사르트르의 『구토』 읽기

초판 1쇄 인쇄 2015년 9월 5일
초판 1쇄 발행 2015년 9월 10일
–
지은이 장근상
펴낸이 이방원
기획위원 원당희
편집 김민균·김명희·안효희·강윤경·윤원진
디자인 손경화·박선옥
마케팅 최성수
–
펴낸곳 세창미디어
출판신고 2013년 1월 4일 제312-2013-000002호
주소 120-050 서울시 서대문구 경기대로 88 냉천빌딩 4층
전화 02-723-8660
팩스 02-720-4579
이메일 sc1992@empal.com
홈페이지 http://www.sechangpub.co.kr/
–
ISBN 978-89-5586-376-5 03860

이 도서의 국립중앙도서관 출판시도서목록(CIP)은 서지정보유통지원시스템 홈페이지(http://seoji.nl.go.kr)와
국가자료공동목록시스템(http://www.nl.go.kr/kolisnet)에서 이용하실 수 있습니다.
CIP제어번호: CIP2015022265

세창명저산책_035

Jean-Paul
SARTRE

장근상 지음

사르트르의 『구토』 읽기

세창미디어
MEDIA

아니는 로캉탱을 떠났지만 그전에 그녀는 '완벽한 순간'이 있기를 항상 갈구했으며 그녀 주위로 세상을 재구성하기 위해 세밀하고 헛된 노력을 하다가 그들은 함께 지쳐 버렸다. 그들은 헤어졌고 로캉탱도 과거를 조금씩 잃어 간다. 매일 조금씩 더 기이하고 야릇한 현재로 빠져든다. 그의 삶은 더 이상 의미가 없다. 그래도 그는 멋진 '모험'들을 한 적이 있다고 믿는다. 그렇지만 모험은 없다. 단지 '이야기'들만 있는 것이다. 그는 롤르봉 씨에게 전념한다. 죽은 자가 산 자를 정당화하는 셈이다. 그리고 진정한 모험이 시작된다. 그의 모든 감각이 겪는 은밀하고 무시무시한 변모이다. 그것은 구역이다. 그것은 당신을 뒤에서 덮칠 것이고 그다음 당신은 시간의 미지근한 늪에 떠다니게 될 것이다.

— 사르트르, 「서평의뢰서」에서

머리말

    우선 소설 『구토』의 본문 참조는 문예출판사 번역본에 따른다는 점을 밝힌다. 현재 시중에 유통되는 번역본 중 가장 오래되었고 따라서 독자의 접근이 비교적 수월하며 본 해설서와 연계하여 참고하기 쉽기 때문이다. 이는 해외문학의 수용에 있어 번역서만으로 소개하기보다는 이와 연계한 해설서를 통하여 보완적 소통을 모색하기 위함이다. 아무리 충실한 직역이나 융통성 있는 의역을 하거나, 더 나아가 아무리 자세한 주석으로 보완하더라도 한계가 있기 마련이다. 이러한 이유로 세창미디어의 '명저산책' 시리즈는 필자의 견해에 잘 부합하며 우리 대중문화의 내실화에 중요한 역할을 수임한다고 생각한다.

    소설에 따라서는 제목이나 소주제들이 전체 주제와 연관성이 명확하지 않은 경우가 있다. 프랑스의 실존주의 문학을 그 예로 들 수 있다. 이는 세계대전의 참화와 인류적 이성의 붕괴 후 한동안 서구인들의 이정표 역할로 기대를 모았던 새로운 주장들이 문학으로 변용된 형태로서, 많이 알려진 대로 사르트르와 카뮈의 작품들로 대변된다. 그런데 1938년 출간된 사르트르의 『구토』는 카뮈의 『이방인』(1942)과 달리, 쉬운 독서로는 전반적인 의미를 파악하기 힘들다. 이는 사르트르가 전통소설과는 다른 새로운 소설 기법을 시도하거나 인간과 사물을 해석하는 데 현상학적 시각을 적용하며, 역사적·문학적으로 다양한 주제들을 혼합하였고 설상가상으로 정작 그가 원한 제목도 상업적인 이유로 변경되어서 주제가 불분명해졌기 때문이다.

다른 한편 소설의 집필과 출판 당시의 이런 배경과 더불어 다른 상황적인 이유로 이 소설은 더욱 정당하게 이해되지 못하고 있다고 볼 수 있다. 예컨대 국내에서는 1947년부터 『구토』에 대한 언급과 소개가 있었고, 번역은 1953년, 정음사에 의해 이루어진다. 하지만 1967년 시작된 참여문학논쟁이 10년 넘게 진행되면서 한국 문학계는 순수파와 참여파로 양분되었다. 그리고 『구토』는 이 논쟁에 묻혀 '실존'과 '참여'의 계열로만 분류되었기 때문이다. 그만큼 전쟁

의 상처는 한국적 현실이라는 용광로 속에 프랑스의 전통
적인 다양한 시각과 주제들을 함께 용해해 버렸고, 『구토』
는 한국 독자에게 '실존'과 '구토'라는 피상적인 의미로 남게
되었다고 볼 수 있다.

그래서 필자는 이 기회를 통해 『구토』라는 소설을 '실존'
이라는 개념보다 작가의 집필 의도에 더 비중을 두고 살펴
보도록 한다. '실존'과 여타 개념들에 관해서는 이미 국내에
출간된 많은 서적을 참고할 수 있기 때문이다. 다만 번역자
들도 미처 파악하지 못하고 직역하여 이해되지 않은 채 독
자들에게 소개된 부분들이 다수 있다. 그래서 본 해설서의
인용문은 필자의 번역이고 《문예》의 표현을 그대로 따르지
않는다. 그래도 쉽게 참조할 수 있게 《문예》의 해당 쪽수를
명기한다. 그리고 필요에 따라 《문예》의 표현도 괄호 안에
소개한다.

사르트르는 1964년 자서전 『말』에서 『구토』를 이렇게 회
고한다. "내 동족들의 정당하지 못하고, 스스로 용인하기도
힘든 사실, 즉 그들의 존재는 그대로 묘사해 주고, 정작 내

존재는 그 대상에서 제외했다. 나는 로캉탱이었다." '동족들'이란 1938년 당시와 그 이전의 부르주아지이다. 사르트르는 이렇게 주인공 자신에 온 힘을 기울이게 한 카뮈와 다르게 주인공으로 하여금 다른 부르주아들의 권위와 권리의식, 또한 그들 존재의 비정당성을 파헤치는 데 주력하게 하였다. 그리하여 주인공은 부르주아와 초상화 화가들 간에 은밀한 공모의 단서를 찾아내는 일에서 시작하여 마침내 그들의 정체를 밝혀 정의해 낼 수 있기까지 그 위선의 베일을 끈질기게 걷어올린다. 이 부르주아들은 1871년 '파리코뮌' 이후 제3공화정1871~1939 시기 중에도, 주로 1914년 1차 대전 전후의 보수주의자들을 말한다. 특히 르낭, 모라스, 부르제, 바레스와 동시대인들이다.

이 소설의 플레이아드판 주석1978에 따르면 작가는 가장 중요한 주제 중 하나로 부르주아의 〈진실 같음vraisemblable〉에 대한 공격을 꼽았다고 한다.[1] 이 '진실 같음'은 "부르주

---

[1] 국내에서 〈진실 같음〉이라는 개념은 '그럴듯함', '사실임직함', '진실다움', '여실성(如實成, 사실과 꼭 같음)', '핍진성(逼眞成, 진실과 흡사함)' 등 다른 번역어로도 소개되고 있다. 그런데 아리스토텔레스의 『시학』에 처음 등장하는 이 개념은 원

아적 사고의 한 카테고리이자 이념적인 개념으로 볼 수 있
는데, 왜냐하면 부르주아들은 실제나 진실을 별로 중요시
하지 않고 이를 '가능함possible'이란 일종의 베일을 통하여
바라보기" 때문이다. 이는 코르네유의 희곡, 「르시드Le Cid」
(1637)를 두고 벌어졌던 논쟁의 중심 개념이기도 하다. 그런
데 이 논쟁 이후 이 개념은 연극에 국한된 그 당시 관객과
이론가들만의 시각이 아니라 프랑스 부르주아 문화 전반

래 '연대기', '역사'가 그를 소재로 삼는 '문학'(그 당시는 '시', 즉 '비극')에서, 수용자
의 '감동'을 원한다면, 어떻게 변용되어야 하는가에 대한 내용상의 규칙이다.
(참고로 19세기 전반까지 비극은 주로 운문으로 작성된다. 그래서 당시에는 비극을 '시',
극작가를 '시인', 극작법을 '시학'이라고 불렀다.) 일상과 역사의 사건이 작품 속에서
사실 그대로 옮겨져야 하는지, 혹은 시대의 취향, 여론에 따라 수정되어야 하
는지 그 여부에 대한 물음이다. 코르네유의 「르시드」를 둘러싼 논쟁을 통하여
이는 결국 '관계와 상관없고 그대로 예외적으로 ~인 것'(자연)이 아니라 시대의
여론에 따라 '관계에 따라 당연히 ~이어야 한다고 믿는 것'(인문)으로 변질되며,
그 시대 부상 중이었던 미래의 주역, 부르주아 관객의 (감동을 위한) 기대를
그대로 수용하게 된다. '진실 같음(vraisemblable)'은 이처럼 '진실vrai'에 '유사성
(sembler)'과 '가능성(possible)'을 추가한 의미로서 '연대기', '역사', '사실', '진실'
의 상대개념이다. 결국 '역사'에 대칭하는 '문학일반'을 가리킨다. 그래서 이 글
에서는 '진실(vrai) 같을(sembler) 수 있음(able)'을 줄인 '진실 같음'으로 옮긴다.
반면 이 개념의 번역어 중 '진실다움'의 '~답다'는 '~로서의' '의무'나 '자격' 등에
비춘 적절성 등, 용례상 윤리적 의미가 강하여 '유사성'은 수용 가능하더라도
인간의 욕망이 자생적으로 모색하는 '가능성'의 의미까지는 담아내기 힘들다
고 생각된다.

의 주요한 '취향'으로 확장되었다고 가정하게 된다. 실제로 이 개념은 『구토』 초반부에서 적어도 5번 이상 노골적이고 야유적으로 거론된다.

　그런데 이 개념에 대항하는 '외톨이 인간'들이 있다. 우선 17세기의 예는 코르네유이다. 그를 상대로 한 거의 일방적인 논박에 결국 리슐리외 재상까지 나서고 학술원의 샤플 랭에게 의뢰하여 논쟁을 정리하고자 한다. 이에 샤플랭이 「'르시드'에 대한 학술원의 의견」까지 발표하기에 이르는데 코르네유는 얼마 후 학술원 회원으로 선출되면서도 '역사적 진실'에 대한 자신의 소신을 끝내 굽히지 않는다. 즉 비극의 소재 자체가 역사상의 실제 사건 그대로라면 관객의 취향을 고려하여 부분적으로 수정, 각색해야 할 아무런 구속적 사유가 없다는 주장이다. 하지만 작가의 상상, 즉 창작이라면 동시대 관객의 정서와 취향을 존중해 줄 수 있다고 보는 입장이다. 그다음으로 20세기의 현대판 외톨이들이 있다. 『구토』의 주인공 로캉탱, 아니Anny, 혹은 독학자와 아쉴이 그들에 속한다. 이들의 태도는 '가능성'의 시각으로 매개된 일반인의 '진실 같음'과 다르다. 반대로 무엇으로든

매개되지 않은immédiate 유별난 의식, 즉 "직접의식을 통해 실제세계의 '민낯'을(즉 진실과 진상 그대로를) 파악하는 자세"를 취한다. 이와 같이 "직접의식이란 여론이나 공통개념을 따르지 않는 외톨이들만의 특권이며 진실에 다다르기 위한 최소한의 조건"이라고 볼 수 있다.

더욱이 소설에서 이러한 추적은 타자, 부르주아지만을 대상으로 하지 않는다. 주인공 자신도 소시민(프티부르주아) 계급으로서 몇 해 전부터 가끔 눈앞에 나타나는 '관념'을 상대해 오고 있으며(18), 그 '관념'의 눈초리 아래서(77-78), 독학자라는 인물이 무심코 던진 화두, 즉 '모험'(57-59)과 '모험의 느낌'(73-81, 110), 그리고 이를 추구해 오던 젊은 날 전체와 최근 일들까지 반성의 대상이 된다. 그뿐만이 아니라 창문 밖을 우연히 보다가 '시간'의 진행이 수직선 상에 실현되는 듯한(64), 소위 말하는 '시간의 불가역성'을 떠올리게 되고(110), 이는 '모험의 느낌'의 허구성을 들추는 계기가 된다. 더불어 인간의 일상을 '살기'와 '이야기하기'로 나누고(79-81) 인간은 이야기를 통하여 삶을 이해한다고 분석한다. 또한 이 모든 탐색을 연결하는 건 바로 '보다voir', '예견하다preˊvoir', 혹은 '시각vue'에 대한 경계이다. 그래서 이 '보다'라는 동사는 소설 내내 이탤릭체로 강조되고(64, 110, 244, 295), 급기야는 시각 일반을 "인간의 추상적 발명, 세정되고 단순화된 관념"일 뿐이라고 정의를 내린다(244). 이같이 이 소설은 관념적이다. 그래서 분별없는 참여자나 추상적인 행동가의 섣부른 방황이 아니라 그 이전 청춘기의 진지한 모험, 즉 미래의 행동가에 관한 일종의 성장소설이라고도 볼 수 있다.

| CONTENTS |

1장
개관

1. 일기체 소설의 일정

우선 사르트르는 전통적 소설의 형식을 의식하며 일기
체 소설을 구상한 듯하다. 예컨대 1905년생인 그가 고등
사범학교 시절 영향을 받은 릴케의 『말테의 수기』(1910년
발간, 1925년 프랑스어 번역본 출간)와 같은 내면일기의 형식과
도 차별화하려 하였다. 우선 일기체 소설 구조의 전체 일
기 일정을 등장인물, 장소, 그리고 관련 소주제별로 정리
해 본다.

[도표1] 주별 날짜별 쪽수, 인물, 장소, 주제

첫째 주

날짜	쪽	등장인물, 장소, 소주제
1/29(월)	15-18	메르시에와의 대화를 회상
1/30(화)	19-28	마블리 카페, '진실 같음'(21) 파스켈, 독학자, 프랑수아즈(역원회관 주인)
2/1 (목)	28-33	청소부 뤼시와 호텔 여주인(로캉탱 숙소)
2/2(금)	33-58	얼굴(37), 마들렌(역원회관 종업원), 구토(41), 미지근한 집짝(44, 4명, 검정테 코안경, 검은 콧수염, 랑뒤, 개처럼 생긴 젊은이 혹은 수의사), 재즈(46),

둘째 주

날짜	쪽	등장인물, 장소, 소주제
2/8(목)	58-63	독학자(도서관) *으제니 그랑데*
2/9(금)	63-78	'거울의 함정', 독학자의 방문, 모험
2/10(토)	78-81	도서관, '살기', '이야기하기'

셋째 주

날짜	쪽	등장인물, 장소, 소주제
2/11(일)	82-85	**일요산책**, *으제니 그랑데*, 투른브리드가, 프레지당샤마르가, 사크레쾨르와 성 세실성당, 프티프라도, 앙리 보르도

	86-90	**'튀퓌네' 살충제 가게**, 코피에 부부, 르프랑수아 의사, 마리팀로 사람들과 코토베르 사람들, 쥘리엥네 정육점
	91-92	**베즐리즈 식당**, 슈크루트, 환전상, 마리에트
2/11(일)	92-99	*으제니 그랑데*, 가게주인부부, 가정부 쉬잔-빅토르-르네, *으제니 그랑데*
	99-109	어느 여인과 가스통, 카이유보트 섬, 뒤코통 광장, 마블리 카페, 플로랑 부인
2/12(월)	109-115	**'모험의 느낌'**, 역원회관, 프랑수아즈
2/13(화)	115-135	**마르디그라**, 바레스, 아니의 편지, **카미유 식당**, **아쉴**, 로제
2/14(수)	135	'겁을 먹어서는 안 된다.'
2/15(목)		'일주일 후에 아니를 보러 가련다.' (실제 23일 파리로 가고 24일에 만남)
	136-143	**마블리 카페(조르주** 씨 전화, 서커스 단원들, 주인 파스켈), 투른브리드가(가정부들, 주부들), 쥘리엥 정육점(뚱뚱한 금발 처녀)
	143-147	푸른 망토의 남자, **도서관**, 독학자(난처한 일), 코르시카인(145, 말을 걸고 싶은 눈치), '진실 같은'(146), 공포감, 불쾌감
2/16(금)	148	**공원**, 망토 입은 남자(《문예》, '외투 입은 영감'은 오역), **마블리 카페**(파스켈)
	149-150	북항 부둣가, 카스티글리온가(두 남자)
	151-152	블리베가, **공원**(망토 입은 남자, 열 살 여자아이)
	152-154	**도서관**(*파르므의 승원*, 코르시카인, 작은 노인, 금발 젊은이, 학위 준비 중인 여자)

	154	**마블리 카페**
2/17(토)	155-178	**부빌 박물관**(오후 옛 풍자잡지를 뒤적거리다 박물관행), (보르뒤랭 르노다실, 독신자의 죽음, 권리), (백오십 쌍의 눈), (성 세실 성당 건립, 부빌부두 확장, 직업기술학교 창설, 부두노동자파업 봉쇄, 일차대전 당시 자식을 국가에 바침, 부인후원회, 탁아소), (파콤, 몽테뉴, 호라티우스, 지도자), (오브리 장군), (파로탱, 웨이크필드 의사, 르낭), (화가 르노다, 보르뒤랭의 도움), (신사와 부인, 파로탱, 올리비에 블레비뉴의 요절한 아들 옥타브, 바레스, 153cm, **신사와 부인**, 초상화의 부르주아들에게 **더러운 놈들**salauds이라고 작별인사)

넷째 주

날짜	쪽	등장인물, 장소, 소주제
2/19(월)	178-193	도서관, 전기 작업 포기, 손바닥(칼), **해군 술집**, 재즈 *'The man I love'*
2/20(화)	193	"아무 일도 없다. 존재했다."
2/21(수)	193-231	**보타네 식당**, 독학자와 요란한 식사
	231-253	**공원**, 마로니에 뿌리, **'부조리'**, 2월 23일 금요일 5시 파리행 기차, 아니와의 만남은 24일 토요일, 그리고 **파리 정착은 늦어도 3월 1일**로 결정
2/23(금)	253	**역원회관**, 파리행 기차 탑승
2/24(토)	253-288	**아니 재회**

다섯째 주

　로캉탱은 숙소인 프랑타니아 호텔에서 역에 도착하는 기차와 여행객들의 온갖 소음으로 시간과 바깥 풍경을 가늠하는 데 이미 익숙하다. 이 부분에서부터 『말테의 수기』의 영향을 느낄 수 있다.[2] 그리고 가끔 '부르주아식의 아늑함'을 느낄 때도 있다. 투숙객 중에서도 '루앙의 남자'는 절도 있고 규칙적인 일정으로 그의 수면을 도와주기도 한다. 그리고 항상 비데가 있는 2층 2호실에 투숙한다(14). 어느 상

2　28살의 릴케는 파리에 있는 로댕의 집에서 머물다가 1904년 로마로 가서 『말테의 수기』 집필을 시작한다. 이 소설은 1910년에 출간되지만 1925년에야 불어로 번역되었고 사르트르는 이로부터 영감을 받았다고 한다. 하지만 결정적으로 두 소설의 주인공들에게 있어서 불안의 근원이 다른 만큼 소설의 주제도 다르고, 더욱이 사르트르의 일기체 소설은 릴케뿐 아니라 당시 지드, 베르나노스가 유행을 이끈 내면일기 소설 형식과도 거리를 둔 것으로 보인다.

사의 외관원이다. '날짜 표기 없는 쪽'에 벌써 그를 소개한다. 로캉탱은 이와 같이 처음부터 깔끔하고 정돈된 부르주아계층에 반감을 보이지는 않는다.

첫 번째, 로캉탱은 박물관을 나오기 바로 전에 초상화의 150명 부르주아들에게 '더러운 놈들salauds'이라는 표현으로 경멸적인 하직인사를 한다(178, 이후 190, 245, 292에도 이 표현을 계속하여 사용함).

두 번째, 그는 독학자와의 식사 중 발작을 일으키고 이에 놀란 실내 손님들을 향해 "여러분 안녕히"라고 말한다. 그들은 물론 대답하지 않는다(231). 마치 작열하는 태양 아래 네 발의 총성으로 일종의 '커밍아웃'을 한 『이방인』의 뫼르소처럼 그도 마침내 공개된 장소에서 외톨이 자신의 '정체'를 내보이는 것이다.

세 번째, 그는 파리에서 재회한 여자친구, 아니Anny가 또 다시 그를 두고 떠나자 부빌로 돌아온다. 라스티냑이나 카산드라처럼 언덕에 올라 자유를 선언한다. 그리고 결별의 상대가 확대된다. 자기의 삶에 만족해 하는 대다수의 소시민들도 포함된다. 퇴근길에 도시를 바라보며, 이곳은 '우리들의' '부르주아적인 멋진 곳'이라고 생각하는 소시민들이다. 로캉탱이 손꼽는 부르주아지는 우선 지방유지 및 기관장 같은 명사들, 그 다음 고급, 중급 부르주아들이다. 그런데 로캉탱이 '실제 존재existence'를 파악하고는 이처럼 같은 소시민(프티부르주아) 계층이더라도 '삶에 대한 우울한 전망 자체가 없어서 그가 거리감을 느끼게 되는' 소시민 대부분까지도 포함하게 된다. 로캉탱은 이들을 '바보들imbéciles'이라고 깔본다(294).

네 번째, 연주회장의 청중들을 생각한다. 그들은 '수신기' 같은 얼굴 표정으로 위안을 청한다. 로캉탱은 그들을 다시 '머저리들cons'이라 경멸한다(322). 예술이 그들에게 온정적일 것이라는, 부르주아의 이기적인 착각을 지적하는 것이다. "미가 그들에게 애틋한 정을 가진다는 생각을 어떻게 할 수 있을까." 이같이 무려 네 차례나 그들을 분류하고 그들에게 일방적인 결별을 선언하는 것이다.

하지만 이 모두에는 한국의 독자들이 이해하기 어려운 부분들이 많다. 작가의 주변인들만이 이해하며 조롱에 동참할 수 있는 비밀스런 코드들과 이런 비소통적 태도만으로도 이 소설은 "지식인들이 부르주아들을 조롱하는 자기들끼리의 익살스러운 장난 글"이라 지적되기도 한다.

2. 2월 이야기

여하간 소설의 핵심은 부르주아지에 대한 조롱과 야유라고 생각해 볼 수 있다. 지금부터 우리는 머리말에서 열거한 개념들이 소설의 행위에 어떤 연관을 가지는지 명확히 하기 위해 우선 요일로 기재된 일기 제목에 따라 일정을 정리해 본다.

일기 제목(요일)에 따른 일정

날짜 없는 쪽지						
	월(1/29)	화(1/30)		목	금	
				목	금	토
일	월	화	수	목	금	토
	월	화	수		금	토
일		화	수			

'날짜 없는 쪽지'와 '1932년 1월 29, 30일'의 일기까지 포

함하니 일요일은 모두 두 번, 월요일은 세 번, 화요일 네 번, 수요일 세 번, 목요일 세 번, 금요일 네 번, 토요일 네 번으로 총 23일치의 일기이다. 이를 날짜로 바꾼 주별 일정으로 만들면 다음과 같다.

요일을 날짜로 재구성한 일정

1932년 1월

일	월	화	수	목	금	토
						6 조약돌
7		9 쪽지				
	29 첫 일기	30		2월 1일	2일	

2월

일	월	화	수	목	금	토
	1월 29일	30일		1	2	
				8	9 모험	10

11	12	13	14	15	16	17
산책		m.gras			안개	박물관
	19	20	21		23	24
			독학자		파리	아니
25		27	28	3월 1일		
역		부빌				

그리고 일기를 쓰기 시작한 날과 그다음 날만 제목이 '1932년 1월 29일 월요일'과 '1월 30일 화요일'이고 그다음부터는 아예 날짜 기재 없이 요일로만 제목이 계속된다. 그런데 유일한 예외가 '사순절 전 화요일'(혹은 '속죄의 화요일', '육식의 화요일')이다(115). 그래서 1932년 사육제 마지막 날인 이 '마르디그라mardi gras'를 가능한 화요일 중에서 가장 빠른 2월 13일로 상정할 수 있다. 부활절 날짜가 해마다 '춘분 이후 첫 보름 다음의 일요일'이라는 음력 기준으로 정해지고 40일(사순)과 그 기간 계산에서 제외된 여섯 번 정도의 일요일(주일)을 감안해 부활절로부터 대략 46일 전인 '마르디그라'는 보통 2월 둘째, 셋째, 넷째, 그리고 3월 첫째 화요일 중 하나가 되기 때문이다(모세의 인도로 조상의 땅 가나안으로 향하기 전에 유대인들은 이집트에서 노예로 살면서 그곳의 전통인

음력을 받아들였기 때문이다).

그리고 소설의 시작 부분인 '날짜 없는 쪽지'는 1932년 1월 9일로 추정된다. 우선 '편집인의 머리말'은 '날짜 없는 쪽지'를 정식 일기의 시작인 1932년 1월 29일보다 몇 주 전인 1월 초로 추정할 이유들이 있다는 점을 암시하고, 그 다음 '날짜 없는 쪽지'는 토요일과 그저께(아마도 일요일)에 생긴 일들을 적은 내용이기 때문이다(12). 이로부터 『구토』가 1월 초 시작된 증상에 대한 추적을 거의 2월 한 달의 일기로 압축한 사실을 추정할 수 있다.

이와 같이 소설의 일정을 요약할 수 있다는 사실은 놀랍다. 일견 산만해 보이는 요일별 일기소설에 사르트르가 드러나지 않게 '정밀기계'나 '톱니바퀴' 같은 정교한 일정을 기획하였기 때문이다. 아마도 나열식 일기소설에 부족한 이야기의 필연성을 보완하려는 의도일 수도 있을 것이다. 그렇다면 별로 추운 겨울도 아니고, 물론 일요일 바닷가의 연한 푸른빛 하늘도 있지만(100), 온통 짙은 안개와 젖은 나무냄새가 더 인상적인 2월 이야기인 셈이다(118). 알고 보니 로캉탱 자신도 부빌을 떠나기 일주일 전인 2월 21일 수요일, 이를 언급한 바 있다. 독학자와의 요란한 점심식사 후 그는 공원에 간다. 그리고 드디어 구토와 존재의 정체를 파악하고 난 뒤 단호하게 이후의 거취를 표명한다. "아무리 늦어도 3월 1일에는 나는 반드시 파리에 정착할 것이다(253)."

3. 부르주아와 소설

첫째 주

날짜	쪽	등장인물, 장소, 소주제
1/29(월)	15-18	메르시에와의 대화를 회상
1/30(화)	19-28	마블리 카페, '진실 같음'(21) 파스켈, 독학자, 프랑수아즈(역원회관 주인)

날짜	쪽	등장인물, 장소, 소주제
2/1 (목)	28-33	청소부 뤼시와 호텔 여주인(로캉탱 숙소)
2/2(금)	33-58	얼굴(37), 마들렌(역원회관 종업원), 구토(41), 미지근한 짐짝(44, 4명, 검정테 코안경, 검은 콧수염, 랑뒤, 개처럼 생긴 젊은이 혹은 수의사), 재즈(46),

이야기 자체에 관한 성찰은 마블리 카페에서 시작된다(1월

30일 화요일). 우선 이 카페의 고객은 부르주아가 아니다. 그들은 독신자, 하급 기술자, 피고용인 등이다. 점심식사도 그들의 하숙집에서 서둘러 해결하고 카페에 잠시 모이는 것이다. 로캉탱은 평상시 대화의 기회가 적기 때문에 이야기한다는 게 무언지 잊어버렸다. 하지만 그들은 거침이 없다. "간명하고 '진실 같은'(《문예》, '말끔하고 그럴싸한') 이야기들을 한다. 그러나 이 '진실 같음'(《문예》, '정말처럼 보이는 것')이란 친구들이 없어짐과 동시에 사라진다(21)." 대화가 없으면 사건들은 이야기로 옮겨지지 않는다. 사건은 삶에 그대로 방치되고 원래의 성질 그대로 남는다.

그리고 로캉탱에게 구토가 처음 찾아온 건 (첫째 주) 금요일, (2월 2일) 오후 5시 30분, 역원회관에서다(41). 사람들이 많고 밝은 공간이기에 그가 '피난처'로 생각해 온 곳이다. 그런데 이곳에서도 구토에 사로잡힌다. 처음 있는 일이다. 말로는 "성욕을 채우러 온 것"이라지만 그는 스스로 '우울'을 치료하러 온 것이다. 하지만 프랑수아즈가 외출 중이라 그의 '신체의식'은 ―절망하고 해소되지 못하는 '정액의 우울'은― 그대로 구역증세로 표출된다(8장 「구토와 멜랑콜리아」

참조). 옆 테이블에서 트럼프 놀이를 하는 사람들은 즉시 사물로 바뀌어 지칭된다. 재즈, 〈머지않아 언젠가〉는 실내의 사물을 흐리게 확대하며 서서히 그의 '신체의식'을 사로잡는다(45). 악보의 음표들이나 연속된 정지화면들처럼 어느 '정밀기계'의 의식이다(46). 베르그송의 개념대로 자연의 '지속'이 기계적이고 필연적인, 즉 인공의 '시간'으로 가공되어 인식된다. 이는 여행의 기억으로 대체되고 이미지들은 '엄격한 연속'을 가진 모험의 형태로 회상된다(48). 이때만 하더라도 로캉탱은 서슴없이 자신이 "진짜 모험을 했다"고 말한다(50).

이같이 모험이란 부르주아(시민) 독자 일반과 소설의 관계이다. 이를 통해 소시민 출신의 로캉탱이 가지고 있는 착각임이 암시된다. 착각의 첫 징후는 일상에서도 소설 속 사건의 시간적 성질을 가지려 했다는 점이다. 그래서 특별한 순간과 사건을 경험하기 위해 많은 여행을 했던 것이고 그 중에 기억에 남아 있는 몇몇 사건들을 모험이라고 생각했던 것이다.

그런데 2월 9일 금요일, 그의 호텔숙소에 초대된 독학자

둘째 주

날짜	쪽	등장인물, 장소, 소주제
2/8(목)	58-63	독학자(도서관) *으제니 그랑데*
2/9(금)	63-78	'거울의 함정', 독학자의 방문, 모험
2/10(토)	78-81	도서관, '살기', '이야기하기'

가 무심코 거론한 '모험'이라는 단어가 그의 정신을 차리게
한다(72-78). 우선 여행 중에 겪은 별난 사건이 모험은 아니
다. 그저 일상의 즐비한 순간들과 같은 것이다. 다만 그 기
억을 이야기 형식으로 회상할 때는 사건의 시간성이 달라
지는데, 우리는 아무리 사건의 당사자로서 이야기한다지만
정작 이 변화를 알아차리지는 못한다. 즉 삶(경험)의 사건이
이야기의 사건으로 바뀌는 것이다. 삶과 달리 이야기에는
우선 사건들의 순서가 정해져야 한다. 사건들도 서로 유기
적인 맥락을 갖추어야 한다. 그리고 시작과 끝도 정해야 하
므로 일부분의 이야기로 잘라 내야 한다. 따라서 이야기의
첫 줄은 이미 끝을 알고 있는 화자가 마치 모르는 듯 꺼내
는 은밀한 시작이다. 이 과정에서 여행에서 겪은 각종 사건
들이 이야기 속 사건의 성질로 변모하며 로캉탱에게 '모험

의 느낌'을 주었던 것이다. 즉 모험은 사건들 자체가 아니라 그에 대한 이야기 속에 있다. 결국 로캉탱은 알아차리기 시작한다. 그리고 처음으로 모험을 한 적이 없다고 인정한다(74). 그리고 나중에 여자 친구, 아니와 만나서는 확인을 한다. 모험은 아예 처음부터 없었던 '가상'이었다(279).

　그래도 그동안 자각의 전조증상이 없지는 않았다. 독자는 '관념'이라는 '가상'이 줄곧 그를 따라다닌 것을 기억할 것이다(18, 77-78). 그 관념은 3년 전인가 인도차이나의 한 사무실에서 무기력하고 형체가 불분명한 모습으로 지켜보며 그에게 불쾌감과 노여움을 일으킨 바 있는데, 그래서 6년간의 오랜 여행을 단숨에 중단하게 된 기억이 새롭다. 왜 관념이 무기력한 모습으로 나타났을까? 그동안 추호의 의심도 주지 않던 (소위 인간의) 관념이 로캉탱의 의식에서는 서서히 용해되고 숨은 정체를 조금씩 드러내게 되었을 것이다. 아니와 헤어지고 로캉탱이 프랑스를 떠난 건 그 나름대로 일상에서 만나지 못하는 '모험의 느낌'을 여행에서 찾으러, 즉 '모험의 순간'을 맞으리라 생각해 내린 결정이었지만 결국 낯선 도시들도 2주일만 지나면 일상이 된다는(80), 이

전에 몰랐던 경험을 하며 모험에 대한 기대가 점차 무너지게 된 것이다. 게다가 독학자가 자신도 모르게 준, 본의 아닌 '자극' 덕분에 로캉탱은 이제야 일상과 여행의 차이보다는 '살기'(삶의 사건)와 '이야기하기'(책의 사건)의 구분으로 이해하기에 이른다.

　　그렇다면 소설에서 모험에 대한 성찰은 어떤 기능을 하는가? 우선 이야기는 모험의 산실이다. 세상에 이야기가 없다면, 다시 말해 인간이 없어 이야기도 없다면 모든 게 그대로이다. 착각의 원인은 바로 인간 자체이고 인간의 이야기형식이다. 이야기를 통해 세상을 바라보니 세상은 그만큼 왜곡된 모습으로 보인다. 이에는 우선 인간의 '시각'도 한몫을 한다.

　나는 미래를 '본다'. 내가 그녀의 몸짓을 '지금 보는' 걸까? '미리 보는' 걸까(64)?

　나는 검정색을 단순하게 '보는' 것이 아니었다. 본다는 것, 그것은 추상적인 발명이며 씻기고 단순화된 관념, 인간의 관념이다(244).

그리고 이야기의 속성도 합리 그 자체일 뿐이다. 그래서 '말이 되다', 혹은 '말이 되지 않다'는 기준이 인간의 소통을 제어하게 된다. 이와 같이 소통의 기준은 합리와 이성이다. 그런데 이 기준은 사실 '인간의 (필연에 대한) 아집'이다. 푸엥카레의 문제 등에 대한 페델만을 위시한 현대 수학자들의 호기심과 집착도 한 예가 된다. 바로 모험의 환상을 주는 '진실 같음'의 형식들이다. 왜냐하면 필연성이란 사물과 사물 간의 관계에 근거하는 양상이므로 이 관계에 선행하는 어떤 것이 있다면 그건 이유 없는 존재, 즉 우연이고, 반유ψ有로서의 존재(예, 인간과 사물)이기 때문이다(2부 9장 참조). 그런데 존재란 바로 관계 속에 있지 않으며, 차라리 관계의 기초이다. 따라서 관계에 선행하는 존재는 이유도 없고 필연적이지도 않다.

하지만 인간사회에 예외적 존재도 있다. 그는 외톨이 인간이고 '진실 같지 않음'의 편이다(21-2). 그렇다고 '진실'의 편이라고 말할 수는 없다. 진실이 인간의 몫이긴 힘들기 때문이다. 진실은 자연과 (역사적) 사실 그 자체에 그냥 있는 거라 그대로 놔두는 게 옳다. 〈진실 같지 않음invraisemblable〉

의 다른 일상 표현은 많다. 느리게 살기, 순례길, 제주도의 올레길 걷기, 다르게 생각하기, 쉼표, 등등 정말 많지만 공통점이 있다면 모두 '아집' 사회의 주류에서 한 걸음 옆으로 벗어나는 선택이자 예외라는 점이다. 부르주아는 프랑스의 전통계급일 뿐만 아니라 어디에서든 인간 사회의 중심을 차지하는 주류이다. 로캉탱이 주인공으로서 '알아차림'의 과정을 몸소 체험하는 이유는 비록 자신이 부르주아계급 어디엔가 속하더라도 이야기의 함정이 그만큼 부르주아의 속성과 닮아 있다는 점을 상기하기 위함이다. 도서관과 소설에 함의된 부르주아는 아직 박물관 초상화의 부르주아만큼 그렇게 구체적인 상대는 아니다.

4. 몸짓과 발자크 (2월 11일 일요일)

로캉탱은 도서관에서 소설을 두 권이나 집어 들고 제목을 거론한다. 누군가 읽다가 책상 위에 놔둔 소설들이다. 그중 발자크의 『으제니 그랑데』는 로캉탱이 결국 대출을 받아 산책길에도 지참할 정도로 이 소설의 행위에 기여도

셋째 주-1

날짜	쪽	등장인물, 장소, 소주제
2/11(일)	82-85	**일요산책**, *으제니 그랑데*, 투른브리드가, 프레지당샤마르가, 사크레쾨르와 성 세실성당, 프티프라도, 앙리 보르도
	86-90	**'튀퓌네' 살충제 가게**, 코피에 부부, 르프랑수아 의사, 마리팀로 사람들과 코토베르 사람들, 쥘리엥네 정육점
	91-92	**베즐리즈 식당**, 슈크루트, 환전상, 마리에트
	92-99	**으제니 그랑데**, **가게주인부부**, **가정부 쉬잔-빅토르-르네**, *으제니 그랑데*
	99-109	어느 여인과 가스통, 카이유보트 섬, 뒤코통 광장, 마블리 카페, 플로랑 부인

가 높은 '간間텍스트'이다(82).

2월 11일 일요일이다. 로캉탱은 산책에 나선다. 하지만 그는 일요일이라는 사실을 공원의 '미소' 덕분에 알게 된다. 일요일은 "나무와 잔디 위에서 가벼운 미소로" 그를 기다리고 있었다. 덕분에 부르주아들의 거리를 택한다. 한꺼번에 일요일과 부르주아가 일반관념상으로 연결된다. 마치 마을의 수호천사가 '이야기의 횃대'에라도 걸터앉은 듯 그는 일요일, 예배당에 몰려드는 모든 신도들의 준비 모습과 행보를 조망하고 이를 기회 삼아 부빌의 역사까지 서술한다.

아무리 '천사'라도 역사는 정밀하게 공부해야 한다.

1847년만 해도 성 세실 성당은 지도에 없었다. 그런데 1873년 말 파리에서 몽마르트르 성당 건립계획이 발표되고 몇 달도 되지 않아 부빌의 시장 부인이 성 세실의 현신으로부터 훈계를 받았다고 주장한다. 이를 인정한 시의회는 선민選民들, 즉 부르주아 엘리트들만의 새 교회를 짓기로 결정한다. 기금 모금에는 신흥부자들을 이용한다. 거만한 부르주아에게 그들의 힘을 과시하는 기회로 삼게 한다. 프랑스에서 가장 많은 건축 비용을 들인 것으로 기록된 성 세실 성당은 이렇게 1887년에 건립된다(84-85). 성당 방향으로 건설된 투른브리드 도로 양쪽에는 정육점, 제과점, 서점, 꽃가게, 의상실, 골동품상, 미장원과 같은 멋들어진 상점들이 차례로 개업하고 성시를 이룬다. 투른브리드는 일반명사로 방문 중인 주인들을 기다리며 시종과 말이 머무는 주막이나 임시 거처를 뜻하기도 한다. 뜻밖에 100년 전통의 약초 가게도 있었다. 시니컬한 상표의 쥐약이며 살충제 광고를 내걸고 게다가 진열창에 먼지가 쌓이고 우중충하기까지 한 가게는 주인 할머니가 죽자 2년 전 결국 간판을 내렸다. 로캉탱은 많이 아쉬워한다. 그도 그럴 것이 그 상표는 튀퓌네[3]였다(86).

게다가 지금은 로캉탱이 막 부르주아 일요 산책 대열에 참가한 참이다. 일요일에는 투른브리드 거리에서 잔걸음으로 걸어야 한다. 줄로 꽉 찬 행렬을 따라갈 수밖에 없기 때문이다. 가끔 앞 사람들이 서점이나 꽃집에 들어가면 잠시 빈 공간이 생긴다. 어느 부르주아보다 키가 큰 로캉탱은 '모자들의 바다', 혹은 '모자 춤'을 굽어볼 수 있다. 검고 단단한 모자들이 이열 종대로 서로 인사하며 들썩이는 풍경이다. 로캉탱은 한시 정각이 되어서야 노인들의 식당, 베즐리즈에 도착한다.

식당의 실내는 단골손님들로 가득하다. 로캉탱은 그들 개개인의 일터와 사생활을 대충 알고 있다. 예컨대 바로 옆 테이블의 40대 부부는 근처에 상점을 가지고 있는데 오늘은 하녀의 휴일이어서 이 식당에서 점심을 해결한다. 혼자

---

3 Tu-pu-nez, 말하자면 '너-냄새나-코' 가게이다. 사르트르가 그들이 신흥부자건 거만한 부르주아건 부르주아는 모두 그 권리의식으로 악취가 난다는, 조롱의 의미에서 작명한 것으로 보인다.

앉은 로캉탱은 도서관에서 대출받은 『으제니 그랑데』를 꺼내는데 마침 영문도 모른 채 파리에서 내려온 사촌 샤를에게 이끌린 으제니, 이에 반응하는 엄마, 그리고 하녀, 나농과의 대화 부분이 펴진다(93-94). 그러자 아무런 대화가 없던 옆 테이블에서 남자가 그 집의 하녀, 쉬잔의 은밀한 사생활을 아내에게 음란하게 속삭이기 시작한다(94-98). 로캉탱은 하는 수 없이 모든 대화를 들어야 했다. 쉬잔이 르네를 속이고 빅토르의 방을 찾아갔고 아마도 이 사실을 르네도 결국 알게 되었을 거라는 내용인데, 그 대화의 길이가 그렇지 않아도 긴 『으제니 그랑데』의 인용 부분의 3배가 넘는다.

여기에서 발자크의 소설이 인용된 이유를 짐작해 볼 수 있다. 바로 '소설의 이야기'와 '일상의 이야기'의 비교이다. 시골 처녀 으제니의 순결한 사랑 이야기를 어느 무료한 부르주아 부부의 가십거리 대화 속에 묻히게 하며 두 이야기의 차이를 선명하게 부각한 대비이지만, 전자는 소설의 대화이므로 후자보다 사건의 행위를 보다 정밀하게 구성한다는 차이가 있다. 게다가 로캉탱은 바로 전날 '토요일 정오'

일기에서 '모험'이 왜 항상 다가올 수 없는지 아쉬워하다가 드디어 깨달은 참이다. 아무리 일상적 사건이라도 '이야기하기'를 통한다면 모험은 그걸로 충분히 쉽게 생겨날 수 있다는 사실을. 그리고 '살기'와 '이야기하기'를 각각 상세히 정의한 바 있다(78-81).

실제로 다음 인용문처럼, 사르트르 본인도 처음에는 우리와 같은 의도의 해설을 소설 원고에 덧붙였으나 스스로 이를 삭제했다. "소설의 대화에서는 각자 대화상대에게 정확하게 대답한다. 그건 일상인의 실제 언어와 얼마나 다른가." 이 삭제한 부분에 대한 플레이아드판 각주도 비슷한 해석을 하고 있다. "이 문장이 출판된 소설에서 사라진 것은 분명 발자크 소설의 대화와 식당손님 샤를 부부간의 대화가 서로 대립한다는 의미를 너무 직접 설명해 주기 때문이다. 이 문장을 삭제하면서 사르트르는 독자가 자발적으로 이 차이를 알아채기 원했을 것이다." 또한 이 부부간 대화는 겉보기에 뚜렷한 메시지가 없다. 하지만 이 대립은 바로 "일상의 대화에는 없는 결점, 바로 텍스트의 약함에 주목하게 한다. 주의를 해야 읽힌다는 게 바로 '텍스트의 약점'이기 때문이다." 다시 생각해 보면 "일상의 대화에 가장 중요한 부분은 몸짓(제스처)에 의하지 텍스트에 의해 전해지지 않는다." 그러므로 '몸짓'이 '진실' 그대로라면 '텍스트'는 '진실 같음'이라는 일종의 '가능성'의 덫에 생존하는 인위적인 형식이라고 볼 수 있다.

5. 마르디그라와 부르주아 (2월 13일 화요일)

셋째 주-2

날짜	쪽	등장인물, 장소, 소주제
2/12(월)	109-115	**'모험의 느낌'**, 역원회관, 프랑수아즈
2/13(화)	115-135	**마르디그라**, 바레스, 아니의 편지, **카미유 식당, 아쉴, 로제**
2/14(수)		'겁을 먹어서는 안 된다.'
2/15(목)	135	'일주일 후에 아니를 보러 가련다.'
		(실제 23일 파리로 가고 24일에 만남)

소설 전체의 1/3 정도에 위치하는 '마르디그라'(육식의 화요일)라는 제목의 일기는 예전 여자 친구 아니의 편지를 받고 들뜬 기분을 가지는 내용이다. 한편 부르주아에 대한 초

벌 묘사가 그려지며 소설의 행위가 다음 단계로 상승하는 시점이라고 볼 수 있다. 즉 구토의 로캉탱 내부적 요인, 즉 '모험의 느낌'의 허구는 이미 일차적으로 벗겨졌고(2월 9일 금요일 3시와 2월 10일 토요일 정오), 아니와 재회하면서 이를 재확인할 것이다.

이제부터는 그 외적 요인을 구성하는 '부르주아'에 대한 현장 탐사가 이루어진다. 거리에 나서며 아니의 편지를 읽고 또 읽고 이내 예전 기억을 떠올린다(120-122). 오늘은 도서관에 가지 않을 것이다. 사육제의 가면 행렬도 시들하고 비가 오려는 듯 젖은 나무 냄새가 심하다며 거리의 기묘한 분위기에 실망하면서도, 카미유 식당에 가서 편지를 또 꺼내 읽고 '완벽한 순간'에 대한 그녀의 집착을 기억해 낸다. 그리고 나중에 입장할 로제 의사의 역할을 암시하듯 자기를 부르주아에 빗댄 그녀의 말을 기억해 낸다. "당신은 코 푸는 것도 부르주아처럼 엄숙하게 하는군요, 기침도 손수건에 대고 하면서 만족한 표정을 짓는다든지 말예요(120)." 즉 오늘은 부르주아가 일기의 주제이다.

작가는 2월 9일 금요일도 같은 방법을 이용했다. 일기의 주제를 미리 암시하는 것이다. 로캉탱이 숙소로 독학자를 초대한 날이었고 따라서 그들의 대화는 초대의 취지대로 여행에 관한 것이다. 그가 찾아온다기에 외출을 삼간 로캉탱은 창문 밖에서 시간의 허상을 본다. 그리고 사전 연습을 하듯이 여행, 기억에 대한 별도의 상념에 젖는다. 잠시 후 방문한 독학자는 예상한 대로 '여행과 모험'이라는 화두를 던지고, 로캉탱은 그로부터 며칠간 모험과 '모험의 느낌'에 생각을 집중하게 된다.

다시 2월 13일이다. 잠시 후 또 다른 '외톨이 인간' 아쉴이 입장하고 로캉탱은 아니의 편지를 지갑에 넣고서야 기억과 과거에 대한 상념으로 잠시 넘어간다. 그런데 아쉴에 뒤이어 입장하는 '거인' 로제 의사는 일요일 베즐리즈 식당에서도 자주 보던 그야말로 부르주아의 전형이다. 시끄럽게 입장하며 이전까지의 조심스러운 실내 분위기를 단숨에 일소하며 소시민들의 긴장을 풀어 준다. 모두 그를 두려워한다. 그러면서도 그의 존재는 실내에 어떤 안정을 가져온다. 부르주아의 특성이 단숨에 묘사된다(127-135). [로제는 아쉴을 두고 종업원 잔에게 말한다. "이 집에서는 이런 자도 받아?" 이런 자를,

즉 중성지시대명사 'ça'는 아쉴을 가리킨다. 이 말이 농담이라고 밝힐 필요도 없다. 그의 예측대로 아쉴이 비굴하게 따라 웃으며 안도의 숨을 쉬고 경계를 풀기 때문이다(129)]. 박물관 방문기에서 본격적으로 묘사될 것이지만 부르주아는 그들의 '중요인물 연기jeu des importants'(《문예》, '잘난 체')라는 전략을 통하여 소시민들을 유인한다(131). 그리하여 그들로부터 쉽게 자신들의 전략인 '공통개념'에 대한 인정을 이끌어 낼 수 있다. 그래서 로캉탱은 고급 부르주아, 로제를 '경험의 전문가'라 호칭한다. 이 전문가 그룹에 의사, 신부, 법관, 장교를 꼽으며 이들은 마치 인간을 만들기나 한 듯이 인간을 잘 알고 있다고 설명한 바 있다(130).

그들이 '사소한 집착들'과 '몇몇 격언들'을 '경험'이라 이름 붙이면, 소시민들도 이를 거의 반감 없이 받아들인다. 그리고 40대 정도가 되면 이들도 '경험의 애호가'(하급 부르주아, 즉 소시민)가 된다. 로캉탱도 지나치며 자신의 출신을 언급한다. "난 [경험의] 전문가 집안(《문예》의 번역, '직업적인 족속'은 '고급 부르주아'를 의미함)이 아니다(132)." 그런데도 그를 힘들게 하였던 것은 '전문가'들뿐 아니라 이들의 비서, 피고용인, 상인들과 같은 [경험의] '애호가'들도 그들 못지않게 경험과 격언의 교훈을 신뢰한다는 점이었다.

하지만 로제도 엄연한 사실들을 알고 있다. 즉 그도 혼자이고, 획득한 것도, 과거도 아무 것도 없다. 그의 지력도 몸도 거의 소진됐다(134). 어떤 것이 사라지면, 그것에 대한 이해도 없어지고 결국 과거는 현재에 없고 남아 있을 수 없다는 점을 알고 있다. '유리창'은 '거울'과 마찬가지로 로캉탱에게도 하나의 '함정'이다. 나흘 전 2월 9일이었다. 창문 밖에 걸어가는 어느 노파가 보였다. 그녀의 발걸음은 하나하나 그 찰나마다 현재를 과거로 만들고, 또한 미래도 현재로 실현하게 하는 환상을 주었다(64). 그녀의 걸음 하나마다 수직선 상의 좌표가 하나씩 지워지는 듯한, 이른바 '시간의 불가역성'이라는 착각이었는데, 이는 '모험의 느낌'을 이해하게 해 준 장면이었다. 그리고 로캉탱은 아니의 사진을 예로 들며, 사진이 온통 기억의 '최음제'라 여기며 생소해 한 적도 있었다(68). 사진도 과거 자체는 아니고 과거는 주위 어디에도 없기 때문이다.

그래서 '경험'보다는 '공통개념'(130)이나 '일반관념'(133)이 그들 경험의 전문가들을 더욱 우쭐하게 한다. 애호가들도 결국은 이 일반관념을 따라 '합리적으로' 판단하기에 이르기 때문이다(133, "직업인이나 아마추어까지도 결국은 정당해지고 만다"). 공통개념이나 일반관념은 결국 17세기식의 〈진실 같음〉이고, 또한 여론이나 격언 등인데 여론은 사회구성원들의 공통적인 판단을 근거로 형성되고, 격언은 역사적 검증을 거친 공동체의 경구이다. 그래서 그들은 모두 몽테뉴의 경구를 암송한다. "되도록 잡음을 내지 말 것, 적게 경험할 것, 사람들이 모르게 살 것, 경솔하거나 튀지 말 것" 등의 처세술이다(133). 다시 말해 자연 상태의 '진실'이 아니라 합리와 이성이라는 '진실 같음'의 닫힌 범주에서 그들은 생각하고 살고자 한다. '진실'이 '비이성non sens'이라면 '진실 같음'은 '이성sens'이다. 그러니까 '진실 같음'이란 그들의 '취향' 이상이다. 17세기 이래 자리 잡는 데카르트식 인간관이고 뉴턴 이래 시작된 근대과학의 기조를 이룬다.

시선도 문제가 된다. 물론 몇 초 간의 시선 다툼이라는 시시한 싸움으로 끝나기는 한다. 우선 '경험의 전문가' 로제는 '시선의 전문가'이기도 하다. 그걸 알고 있는 로캉탱이

상대하지 않으니 싸움은 일어나지 않지만, 그 전문가는 공모의 시선으로 타협을 구하기도 하고, 무서운 안광으로 눈싸움을 걸기도 하고, 근시의 시선으로 로캉탱을 훑어보기도 한다. 그러나 로제는 로캉탱 때문에 김이 빠진다. 그리고 이 소설의 제사題詞가 그대로 반복된다. "외톨이 인간, 사회적 중요성도 없는 듯 보이는 인간"을 건드려 봐야 결국 손해란 걸 알기 때문이다(129).

6. 안개와 스탕달 (2월 16일 금요일)

이번엔 금요일이다. 로캉탱은 도서관 책상에서 『파르므의 승원』을 집어 들며 스탕달의 '맑은 이탈리아'에서 도피처를 찾아내려 열중했다고 짧게 인용하는데 이처럼 도피처는 하루 종일 로캉탱의 목적지이다(136, 152). 아침에 길을 나서며 도서관에 갈 생각은 없었다. 거리 전체가 짙은 안개에 잠기자 도피처부터 찾아 나선다. 짙은 안개가 '진실'과 '진실 같음'의 경계를 가린 것이다. 그 틈을 타 '진실'이 슬며시 찾아올 거라는, 즉 오늘도 구토가 엄습할 거란 위협

셋째 주-3

날짜	쪽	등장인물, 장소, 소주제
2/16(금)	136-143	**마블리 카페(조르주 씨 전화, 서커스 단원들, 주인 파스켈), 투른브리드가(가정부들, 주부들), 쥘리엥 정육점(뚱뚱한 금발 처녀)**
	143-147	푸른 망토의 남자, **도서관**, 독학자(난처한 일), 코르시카인(145, 말을 걸고 싶은 눈치), '진실 같음'(146), 공포감, 불쾌감
	148	**공원**, 망토 입은 남자(《문예》, '외투 입은 영감'은 오역), **마블리 카페**(파스켈)
	149-150	북항 부둣가, 카스티글리온가(두 남자)
	151-152	블리베가, **공원**(망토 입은 남자, 열 살 여자아이)
	152-154	**도서관(파르므의 승원**, 코르시카인, 작은 노인, 금발 젊은이, 학위 준비 중인 여자)

을 느꼈을 것이다. 안개 속을 30분이나 헤매다 간신히 마블
리 카페를 찾아온다. 하지만 그곳에서도 주인 파스켈 씨가
이층에 죽어 있을 거라는 상상이 끝없는 환상을 불러일으
킨다. 그는 다른 도피처로 도서관을 떠올리게 되고 그곳으
로 가는 길에 공원의 벤치에서 꿈쩍하지 않는 망토의 남자
(144, '푸른빛 외투')를 본다. 그는 도서관에서도 오후 한 시경

문득 열람실에 자기 혼자 남아 있음을 알게 되자 평소 '진실 같음'(146, '정말처럼 보이는 것')의 경계 정도는 정해 주던 책과 서가들이 오늘따라 불안해 하고 그 '무대장치'가 마치 마분지 상자이듯 쉽게 들려지는 초현실적인 광경을 '불쾌감'과 '공포감'으로 목도한다. 그리고 이 감정의 원인으로 마블리 카페를 지목하고 다시 파스켈 씨의 죽음을 확인하러 도서관을 나선다(148).

공원에는 여전히 망토의 남자(《문예》, '외투를 입은 영감')가 그 자리에 그대로 있다. 그러나 카페에는 아무도 없다. 또다시 두려움을 느낀다. 어디로 가야 할지 몰라 부둣가를 지나며 바닷물 속의 괴물을 상상하고 누군지 모르는 두 남자를 스치며 간신히 '진실'에 대한 피난처로 또다시 '도서관'과 '소설'을 떠올린다(151). (이쯤해서 우리는 이 두 가지가 로캉탱에게 '진실 같음'의 대표적인 공간 형상이라고 말할 수도 있다. 책은 합리에 근거한 지식과 이야기로 인류의 '진실 같음'을 온전히 보관하고 있는 일종의 금고이다.) 그리고 공원에서 또다시 푸른색 망토의 남자를 보게 된다. 그러나 이번에는 그 남자가 열 살쯤 된 여자아이 앞에서 망토를 발까지 내리며 걸음을 내딛는 공모의 '소극'을 벌이고 있다. 하지만 소녀는 로캉탱의 시선을 느끼고 도망갔고 망토의 남자도 자리를 피하려 하자 순식간에 로캉탱이 그의 앞을 가로막는다. 그는 "거대한 위협이 이 도시를 짓누르고 있소"라고 경고하고 도서관으로 온다. 〈진실 같음〉에 대한 '진실'의 위협을 말한 것이리라. 그리고 앞서 생각한 대로 아무거나 책상에서 집어 든 소설이 누군가 읽다 놔둔 『파르므의 승원』인 것이다. 사르트르는 평소에도 스탕달을 좋아한다. 특히 여기서는 스탕달의 '맑은 이탈리아'가 안개의 반대 이미지로 자리한다(152). 안개가 구분을 흐리게 한다면 맑고 밝은 공기는 구분을 뚜렷이 한다. '불투명과 투명', '진실과 진실 같음'의 구분이며, '자연과 인공', '비이성'과 '이성'의 대비이다. 이렇게 '피신'에 성공한 그는 폐관시간까지 도서관에 머물다 나오는데 다행히 많이 진정되었음에 안도한다.

그러니까 그는 이날 아침 호텔 숙소를 나와 마블리 카페에 가서 공원을 거쳐 도서관으로, 오후 한 시 도서관에서 공원을 거쳐 마블리 카페로, 마지막으로 마블리 카페에서 부둣가와 공원을 거쳐 도서관으로, 즉 하루 여정을 종합하자면 마블리 카페로 두 번 가고 도서관을 두 번 찾기 위해 공원을 세 번이나 거친다. 그러니까 마블리 카페와 도서관은 모두 로캉탱에게 일상적 장소이며, 동시에 소설과 함께 '진실 같음'을 담보하는 피난처이다. 더욱이 공원의 남자는 한낱 배경에 그치지 않는다. '외톨이 인간'에게만 시야vue를 허용하는 '진실 같지 않음'의 무대에서 오늘은 '진실'의 존재와 그 회귀를 암시하는 주인공이다. '진실 같지 않음'(21, '정말이라고는 생각할 수 없는 일')에 대해서는 이미 어느 날 카페에서 목격한 장면 묘사에서 자세하게 이루어졌다. 뒷걸음치던 하늘색 옷차림의 금발 여자가 크림색 비옷과 초록색 모자 차림의 흑인 청년과 충돌한다. 만약 여러 명이 같이 있었다면 모두 놀라며 웃었을 테지만 로캉탱 같은 외톨이가 본다면 오히려 참신한 이미지를 얻을 것이다. 이런 기회를 맞이하려면 우선 혼자 있을 것, 다음 적당한 순간 '진실 같음'(22, '진짜처럼 보이는 것')을 몰아내는 것이라고 그는 설명한다.

7. 부르주아의 초상화(2월 17일 토요일)

셋째 주-4

날짜	쪽	등장인물, 장소, 소주제
	154	**마블리 카페**
2/17(토)	155-178	**부빌 박물관**(오후 옛 풍자잡지를 뒤적거리다 박물관행), (보르뒤랭 르노다실, 독신자의 죽음, 권리), (백오십 쌍의 눈), (성 세실 성당 건립, 부빌부두 확장, 직업기술학교 창설, 부두노동자파업 봉쇄, 일차대전 당시 자식을 국가에 바침, 부인후원회, 탁아소), (파콤, 몽테뉴, 호라티우스, 지도자), (오브리 장군), (파로탱, 웨이크필드 의사, 르낭), (화가 르노다, 보르뒤랭의 도움), (신사와 부인, 파로탱, 올리비에 블레비뉴의 요절한 아들 옥타브, 바레스, 153cm, **신사와 부인**, 초상화의 부르주아들에게 **더러운 놈들**salauds이라고 작별인사)

　지금까지 일요 산책길과 카미유 식당에서 이루어진 부르주아에 대한 관찰과 묘사는 모두 오늘 박물관 탐방을 위한 사전적 조치였다. 로캉탱이 부르주아들의 초상화만 집중적으로 보는 만큼 이번 목적은 구체적이다.

　오후 도서관에서 오래된 풍자 잡지를 뒤적이다가 로캉탱

은 황급히 박물관을 찾아온다. 어느 초상화에 대해 작년부터 지니고 있는 의문을 이제 풀 수 있을 것 같다. 무언가 어색한 자세가 문제이다. 그는 블레비뉴[4]라는 이상한 이름을 가진 부르주아다. 그런데 그의 키가 153cm 단신에 불과했다는 사실을 잡지에서 오늘 알게 되었다. 사학자의 경륜이 십분 드러난다. 따라서 탐정소설의 일면을 도입한다. 블레비뉴는 자신의 영웅적인 정치인의 생애에 비해 초라한 신체적 결함을 그대로 초상화에 남겨 놓고 싶지 않았다. 그래서 화가 보르뒤랭에게 부탁했던 것이고 화가는 예술의 후원자를 위해 '진실' 자체를 '진실 같음'의 미학으로 왜곡한다. 더불어 우리는 이렇게 지루한 박물관 일기를 왜 소설 한가운데 설정했는지 그 이유를 비로소 알게 된다. 다른 일기들보다 더 중요한 메시지를 담고 있기 때문이다. 바로 부르주아의 속성과 정체에 대한 집중 탐사 끝에 찾아낸 결과이자 '열쇠'이다.

---

4 참고로 'Blévigne'는 'blé'와 'vigne'를 합쳐 만든 이름이다. 즉 밀과 포도이다. 'blé'는 재산을 뜻하기도 한다.

그런데 예술과 부르주아지 간의 공모가 이 소설의 행위적 플롯이라면 부르주아들마다 한결같은 시선이라는 주제는 서술 부분에 해당한다. 2월 13일 화요일 카미유 식당에서 의사 로제를 묘사하며 일차적으로 시선의 테마를 다룬 적이 있다. 로캉탱과 같은 외톨이 인간은 특히 시선에 민감해서 평상시 상대별 시선 대처법을 알고 있다. 그래서 그날 로제의 시선 정도는 쉽게 무시해 넘길 수 있었다.

　하지만 부빌 박물관의 경우는 다르다. 문제의 그림이 전시된 방에 들어가기 전 로캉탱은 망설인다. 150쌍 부르주아들의 시선을 견뎌 낼 자신감을 추슬러야 한다. 최근에 전시된 듯 보이는 〈독신자의 죽음〉이란 그림도 그에게 경고한다. 부르주아들은 예외적인 경우 말고는 어느 누구도 당신처럼 독신으로 죽지 않는다(157). 그들은 시선으로 남아 아직도 그들의 권리를 요구하고 있다. 권리는 그들의 업적에서 나온다. 파콤, 에베르, 파로탱 형제, 오브리 장군, 블레비뉴, 그들은 1875년부터 1910년까지 성당 건설, 부두 확장, 직업기술학교 창설 및 육성, 및 파업 봉쇄에 성공하였고, 1914년에는 전선에 자식을 보내기도 하였기 때문이다.

그들의 부인들도 뒤지지 않았다. 후원회, 탁아소, 공동재봉실을 설립하고 자식들에게 의무, 권리, 종교, 전통을 훌륭히 교육했기 때문이다(158).

그들은 조용하지만 준엄한 판단의 눈빛을 내보내며 로캉탱을 놓아주질 않는다. 파콤의 눈빛은 로캉탱에게 존재할 권리가 없다고 말하는 듯하다. 그 눈빛은 그야말로 확신이고 우연적인 존재에 대한 힐난이다. 내가 권리만을 누린 게 아니다. 권리가 의무와 다른 게 아니라는 걸 안다. 그래서 어려워도 항상 의무에 충실하였다(160).

다른 지도자들도 마찬가지이다. 그들은 겸손하게 '피로를 푼다.' 몽테뉴와 호라티우스, 간혹 바레스와 부르제도 읽는다. 심지어 시를 쓰며 '피로를 푸는' 오브리 장군도 있다(163). 레미 파로탱이라는 '학문의 왕자' 혹은 '영혼의 산파'도 같은 부류이다. 길 잃은 제자들을 상대하듯 로캉탱도 자기의 '양 우리'로 인도하려는 자비로운 시선을 건넨다(166). 그의 동생 장 파로탱은 아예 신이 들린 듯 '순수권리'만 내보인다. 로캉탱에게 그냥 지나가라고 말하는 듯하다. 하지만 로캉탱은 이미 이런 종류의 시선을 경험한 적

이 있다. 에스퀴리알 도서관의 필립 2세 초상화였다. 권위
로 빛나는 얼굴이었는데, 그가 뚫어지게 쳐다보자 이내 얼
굴의 광채가 꺼지며 찌꺼기만 남았다. 그런데 사실 오늘
그가 보고 싶었던 것이 바로 이 찌꺼기였다(168). 그래서 로
캉탱은 지금 파로탱 형제의 시선을 정면으로 마주하며 시
선에서 광채가 꺼지는 순간을 기다린다. 덕분에 로캉탱은
그 무서운 시선으로 평소에 과거 그들의 직원들이나 아내
조차 알지 못했던 그들의 세부 특징들을 지금 찾아낼 수 있
다. 광채 뒤에 숨어 있던 찌꺼기는 '장님의 눈, 죽은 뱀의
얇은 입술, 그리고 뺨'이다. 뺨도 어딘가 '음란한 살'에 불과
했다(169).

　요컨대 후원자의 요청에 화가는 '내부의 자연', 즉 인물에
은근한 '세공'을 가한다. 동시에 예술의 후원자들, 부르주아
들은 '외부의 자연', 즉 바다와 들판을 '변형'시킨다. 다시 말
해 화가와 후원자들은 '자연'에 같은 종류의 '작업'을 가하며
자연을 굴종시킨 것이다. 로캉탱은 친절히 요약한다. 독자
들이 자연스럽게 유추해 내길 기다리지 않는다. 바로 이 소
설이 시도하는 가장 중요한 주제이므로 정리해 줄 만하기

도 하다. 이는 다름 아닌 자연에 대한 '인간의 군림'이다. 이를 소설 초반부터 지금까지 '진실 같음'이라는 어휘로 표현해 왔다. 인간의 '가장 훌륭한 정복'은 '인간과 시민의 권리'의 쟁탈인 것이다(169). 그 주역은 감탄할 만한 부르주아들이다. 그림들이 로캉탱에게 제공한 모습은 "인간에 의해 다시 생각된 인간"의 모습이다. 즉 인간 그대로의 인간이 아니라 '그렇게 되어야 마땅하다고 생각되는 그런 모습'의 인간이었다. 17세기 이래 부르주아의 세계관도 마찬가지이다. '관념에 의해 수정된 실제'를 말한다. '진실'이란 여전히 결함을 포함한 '사물 자체의 모습'을 가진다. 왜냐하면 지상의 어떠한 사물도 그 관념의 완전함과는 달리 태어나기 때문이다. 따라서 '진실 같음'은 사물의 결함, 그리고 모방의 결점을 보완하는 식으로, 즉 그 자체의 모습보다는 그렇게 되어야 하는 모습으로 묘사해야 한다는 규칙이다.

이 점에 있어 1637년은 기록할 만한 해이다. 데카르트의 『방법서설』이 출간되고, 코르네유의 「르시드」가 공연되었다. 전자는 신이 인간에게 준 이성의 완전함을 주장했고, 후자는 비극(문학, 이야기)에 있어 사실의 어떠한 변형보다 사실 그 자체에 방점을 찍었다. 전자의 '견고한 이성'에 대한 믿음은 부르주아의 학문적 열정을 자극했고, 후자에 의해 야기된 요란한 논쟁에서 비극의 소재로서 연대기적 사건(역사, 삶)이 문제가 되었다. 비록 그것이 사실이라 해도 예술에서는 예술가와 수용자의 '취향'과 '규칙'에 따라 변형되어야 미의 요건을 충족한다고 생각한다. 이에 따르면 예술의 미는 자연미가 아니라 인간의 '작업'을 거친 인공미인 것이다.

그리하여 이 〈진실 같음〉의 취향이 거의 모든 것을 걸러 내는, 가장 영향력 있는 검열 기준이 되었지만 코르네유는 자신의 패배를 인정하지 않았다. 그래서 사르트르는 코르네유를 그리스 시인들과 함께 위대한 비극작가 반열에 포함한다. 운명과의 대결에서 주인공이 꿈꾸는 자유를 코르네유의 작품에서 찾을 수 있고, 인간의 운명을 '진실 같음'의 틀에서 완성하지 않기 때문일 것이다. 사르트르는 "그렇다고 순전히 진실 같은 주제만으로 비극을 만들 수 없다는 건 아니지만 오로지 정념을 뿌리째 흔들어 놓는 위대한 주제라면 진실 같음을 훨씬 능가할 수 있어야 하기" 때문에 예측 가능한 권력의 결과보다는 자신의 실수에 의해 주인공의 파국이 초래할 때 비로소 위대함이 나올 수 있으며, 따라서 극의 중심은 '성격'보다는 '상황'이 되어야 한다고 생각한다.

어느 나이 든 부부가 들어왔다. 검은색 차림의 부르주아들이다. 남편은 모자부터 벗는다. 로캉탱은 그들의 대화를 들어야만 하였다. 그들은 초상화 주인공들과 화가들의 이름만 확인하고도 압도된다. 이 년 전부터 올리비에 블레비뉴에 관심을 두고 있는 로캉탱과는 다르다. 그의 생각과 관람객 부부의 감동은 비교된다. 남자는 블레비뉴 초상화 앞에서 로캉탱을 직감으로 알아본다. 로캉탱이 한마디로 '불평분자'인 것이다. 그는 마치 자신이 블레비뉴인 듯이 까다롭게 군다. 그리고 부인에게 설명해 주는 내용도 따분하다. 작가는 서평의뢰서에서 이들을 "잔인한 가진 자"로 소개한다. "남들이 그들과 다른 길로 가는 걸 참지 못하는 자"이다. "제도의 힘과 명사들의 권력을 믿는 자"이다. 평소 가면에 가려 있는 이들의 잔인성은 독학자를 단죄하는 도서관 장면에서 폭발하듯 드러난다.

이제 드디어 기다리던 순간이 왔다. 잡지에서 얻은 정보로 초상화를 다시 정밀하게 검사한다. 그 결과는 이렇다. 화가 보르뒤랭은 블레비뉴 초상화와 바로 옆에 걸린 장 파로탱 초상화를 같은 크기의 화폭으로, 그리고 블레비뉴의 키를 파로탱의 키만큼 올려 그렸다. 그리고 블레비뉴 초상화에는 키 작은 물건들 위주로 배치하는데 그중 작은 원탁은 파로탱 그림의 큰 테이블과 같은 높이가 되게 확대하였고, 부속 소파도 같은 작업을 거치니 파로탱의 어깨까지 올라올 정도가 되었던 것이다(175). 이를 확인한 로캉탱은 블레비뉴와 보르뒤랭에게 그리고 '예술의 놀라운 힘'에 한껏 웃어 준다.

다시 블레비뉴의 아들 옥타브의 초상화 앞이다. 검은 옷차림의 부인은 요절한 옥타브에 탄식한다. 올리비에가 아들 옥타브를 이공대학 폴리테크닉에서 수학하게 한 후 자기를 잇는 지도자로 만들려 했다는 점이 안타까운 것이다. 이런 대물림 의지와 소위 '세습 자본주의'는 여전히 부르주아지의 속성이다. 하지만 말하자면 로캉탱도 부르주아 계급이고 '세습 자본주의'의 수혜자이다. 그래도 그는 버질의 시를 읊으며 빈정거린다. 아우구스투스의 여동생 옥타비아의 요절한 아들, 마르셀을 추모하는 시이다. 그 결과 부인은 순서대로 장 파로탱, 레미 파로탱, 올리비에 블레비뉴에 이어 옥타브 블레비뉴까지 네 점의 초상화에 관심을 보이며 로캉탱의 주의를 이끈다. 즉 '외톨이 인간' 로캉탱이 네 번이나 다른 시각을 견줄 수 있는 기회를 제공하는 게 그녀의 역할이다.

그는 그 이외 15명 이상의 다른 명사들에게도 빠짐없이 답례하고 보르뒤랭과 르노다 전시실을 나오다가 돌아선다. 그러면서 첫 번째로 작별 인사를 하며 옥타브를 위해 읊은 버질의 시를 다시 상기한다. "그대는 마르셀루스가 될 것이다! 두 손 가득 백합을 바치라…"(176). 백합은 야생화가 아니고 부르봉 왕가 시절에 육종된 품종이다. 18세기 왕실과 부르주아지의 환유로서 '정교하게 다듬어진 백합'이다. 왕실의 문장뿐 아니라 재판관의 의자를 가리킨다. 즉 '인공교배'라는 '인간의 작업'을 거친 인공미이다.

안녕, 당신들의 그림 성전을 장식한 곱고 정교한 백합들이여, 안녕, 예쁜 백합들, 우리의 자부심, 우리의 존재이유여,

안녕, 더러운 놈들이여(178).

로캉탱은 이제 그들의 시선을 극복하고 처음으로 부르주아지의 특성을 정리할 수 있다. 첫째, 백합은 야생의 자연과 우연의 사실을 정교한 상태로 작업해 내는 부르주아의 '진실 같음' 취향과 예술의 인공미를 상징한다. 로캉탱은 이 취향의 문학적 표현, '정밀취향*préciosité*'을 직접 언급하지 않는다. 그 대신 '모험의 느낌'에 대한 자신의 오랜 집착을 파악하고 해명하는 과정에서 이 '정밀취향'을 간간이 다루는데 이를 결국 '살기'와 '이야기하기'의 차이로 접근한다.

둘째, '우리들의 자부심과 우리들의 존재이유'다. 이렇게 로캉탱은 솔직해진다. 그 자신도 포함하는 '우리들'이란 표현을 쓰지 않을 수 없다. 물론 파로탱 형제나 블레비뉴의 선동적인 연설을 흉내 내는 표현이기도 하다. 하지만 그도 객관적, 경제적으로는 그들처럼 '세습 자본주의'를 누리고 있기 때문이다. 사실 서른 살 로캉탱의 전 재산은 30만 프랑이고, 그로부터 연 14,400프랑, 즉 한 달 이자소득으로 1,200프랑씩 받는다(321). 따라서 1930년대 중반 평균 금리는 연 4.8%이다. 토마 피케티가 『21세기 자본론』에서 인용하는 『고리오 영감』 시대의 이율과 비슷하다. 물론 이 소득은 라스티냐이 빅토린 양과 결혼했다면 받게 되었을 연 5%의 이자소득, 5만 프랑의 수익에는 채 1/3도 안 되는 수준이다. 그럼에도 분명 로캉탱은 피케티가 말하는 소위 '세습 자본주의'의 수혜자이다. 다만 로캉탱은 그들과 종種이 다를 뿐이라고 변명한다(294, '다른 족속').

그리고 '자부심'이란 2월 13일 카미유 식당의 의사 로제와 오늘 2월 17일 박물관의 명사들을 묘사하는 데 동원한 경험, 권리, 의무, 정통성에 대한 모든 수사를 말한다. 또한 '존재이유'란 본질에 대한 신념을 말한다. 그는 2월 21일 수요일 오후 6시 일기 끝부분에서 더 자세히 설명할 것이다.

8. 구토와 멜랑콜리아

로캉탱의 작업은 박물관 명사名士들의 존재이유를 벗겨내는 데 그치지 않는다. 그 자신을 정리할 차례가 된다. 지금까지 18세기의 모험가, 롤르봉이 그의 존재이유가 되어 그

넷째 주-1

날짜	쪽	등장인물, 장소, 소주제
2/19(월)	178-193	도서관, 전기 작업 포기, 손바닥(칼), **해군 술집**, 재즈 *'The man I love'*
2/20(화)	193	"아무 일도 없다. 존재했다."

를 그 자신으로부터 면제해 줬었다는 점이 문제이다(184). 그가 전기 작업을 하는 동안 롤르봉이라는 과거는 로캉탱을 일종의 '숙주'로 삼아 현재에 존재하고, 정작 로캉탱 자신에게는 로캉탱의 '현존재'를 가려 주는, 그런 상부상조의 관계를 이어온 것이다.

그러나 2월 9일 금요일 독학자의 방문을 앞두고 일차 생각한 바 있던 '과거와 기억'이란 주제를, 오늘 2월 19일 월요일에 "내 자신의 과거도 유지할 힘이 없던 내가 도대체 어떻게 다른 이의 과거를 구해 낼 수 있으리라고 바랄 수 있는 건가(179)?"라는 질문으로 다시 떠올리자, 10일간의 '공력'이 한순간에 드러나듯 답이 분명해진다. 아니다. 현재만이 있다. "현전하지 않는 것은 그 어느 것도 존재하지 않는다." "과거란 무위의 상태로 쉬고 있는 게 아니라, 아예

64

존재자체를 비운 것이다(180)." 이러한 끊이지 않는 생각들이 로캉탱 자신의 존재라는 현실을 보게 한다. "육체는 한 번 태어나면 별도로 살아가지만 생각은 끊임없이 내가 존재한다고 생각하게 한다(186)."

하지만 이제 롤르봉에 관한 작업을 중단하기로 작정한다. 그러자 롤르봉, 과거, 존재이유가 동시에 떠나갔다. '부조리'의 차례다. 도서관을 나서면서 자신에게 묻는다. 왜 나가는가? 그 답은 나가지 않을 이유도 없기 때문이다. 카뮈의 소설, 『이방인』에서 편지를 대신 써 달라는 레몽의 부탁을 거절할 이유가 없어 그대로 써 주는 뫼르소와도 같다. 혹시 자아를 잊기 위해서라면 모를까(188). 도서관 한 구석을 조용히 지킨다 해도 자아를 잊을 수는 없기 때문이다. 그 동안 롤르봉이라는 '과거'는 그를 상대하는 로캉탱 개인의 존재론적 의문 자체를 스스로 면제하는 일종의 '피부'나 '세포막' 역할을 해 온 셈이다.

그런데 이제 고삐 풀린 '자아'는 로캉탱의 신체 외부로 드러난다. 일종의 피부호흡이나 발진처럼 피부 바깥으로 피, 땀, 눈물, 침, 고름, 림프액, 정액의 순서대로 욕망과 혐오를

배출한다(190-191). 바로 이것이 제목 '구토'의 의미이다. 그동안 숨죽이던 자아가 안개처럼 피부 외부로 빠져나온다.

'우울憂鬱'이란 그야말로 시름이 빽빽이 들어찬, 즉 위에 열거한 체액들이 완행하거나 아예 울체, 거의 정체된 상태를 말한다. 이를 순환시키거나 해소해야 정체가 풀린다. 자살충동이 높게 나타난다는 소위 '멜랑콜리아형 우울증'이 그렇다. 같은 이유로 로캉탱도 공원에서 존재를 보는 순간 자살에 대해 막연히 생각해 본다. 그러나 죽음도 그의 시신도 그 자체로 '여분'일 것이라고 생각한다(240).

그 대신 이 우울을 해소하기 위해 그는 가끔 역원회관 주인 프랑수아즈와 섹스를 한다. 감정소통이나 대가보상은 없다.

난 그녀에게 대가를 지불하지 않는다. 그냥 성性을 주고받을 뿐이다. 그녀는 그렇게 쾌락을 얻고(그녀에겐 하루 한 남자가 필요하므로 나 말고도 다른 남자들이 있다) 난 이렇게 어떤 우울증을 씻어 내는 것이다. 그 원인을 내가 잘 아는 우울증이다(20).

다른 한편 프랑수아즈는 이처럼 당당하다. 정작 로캉탱의 여자 친구 아니와 비교된다. 아니는 돈 많고 나이 든 이집트 남자에 얹혀 여행이나 하며 의미 없는 덧셈의 삶을 이어가기 때문이다. 사르트르는 잔인해 보인다. 하지만 어쩌면 '아름다운 분노'나 '완벽한 순간'이라는 부르주아적 욕망의 대가가 그만큼 크다는 의미를 강조하는지도 모른다.

사르트르는 이래서 자기가 원래 제시했던 '멜랑콜리아'라는 제목을 아쉬워한다. 이 소설의 모티브로서 '자아'는 원인이고, '멜랑콜리아'는 상태이고, '구토'는 결과인 셈이다. 로캉탱은 구토에 관련된 모두 여섯 번의 환상적 경험을 한다.

2월 21일 그는 독학자와 대화하며 마지막 순간 구토를 마주한다. 그 순간 올해 1932년 1월 첫 토요일 바닷가에서 조약돌을 들고 던지지 못하고 떨어트렸던 날(12), 사실은 조약돌과 함께 실존의 자각도 스쳤을 거라고 소급하여 이해하게 된다(28, 229). 그다음 길 위에 나뒹구는 종잇조각이나 테이블 위의 맥주 컵 같은 사물들이 그를 '실존하게 한' 사소한 순간들도 마찬가지다(23, 27).

하지만 2월 2일 금요일 역원회관에서 처음으로 본격적인

구토의 경험

12쪽	1월 어느 토요일	바닷가	조약돌, 아이들 웃음
41-48	2월 2일 금요일	역원회관	본격적인 구토 증상
106-109	2월 11일 일요일	바스드비에유 길	구토의 반대 증상
146-152	2월 16일 금요일	도서관	구토에 준함
183-193	2월 19일 월요일	도서관, 해군술집	구토와 유사
214-231	2월 21일	보타네 식당	가장 강렬한 구토 증상

구토의 순간을 맞이한다. 시야에 놓인 대상은 일상의 질서를 벗어난다. 어쩌면 사물 원래의 모습을 드러낸다. 그래서 주인공은 구토가 신체 내부에서 느끼는 게 아니라 오히려 앞쪽 벽과 사물들에서 온 거라고 생각한다(43).

그다음은 2월 11일 일요일 산책길의 마지막 부분이다. "구토와 비슷하지만 정확히 말하자면 반대의 증상이다. 즉 모험이다. 난 소설의 주인공처럼 행복하다(106)." 그만큼 구토의 순간과 '모험의 느낌'은 연결되어 있기 때문이다. 예컨대 재즈가 제공하는 모험의 느낌은 구토에 대한 강력한 '대증요법allopathie'이다. 구토가 병의 증세라면 모험의 느낌은 이종異種의 처방이다. 우울증 환자에 대한 처방전이다. 하지만 우리도 혹시 누군가로부터 꽃다발, 사랑 고백, 여행 초대를 받는다면 순간적인 '모험의 느낌'을 가질 수 있다. 물론 일상으로 끌려 내려오는 건 시간문제이다. "상하이, 모스크바, 알제리도 이 주일 후면 똑같기" 때문이다(80).

2월 16일 금요일이다. 안개가 자욱한 날이다. 도서관의 광경은 '진실 같음'의 와해라는 환상적 순간을 뜻하지만 구토의 순간으로 연결되지는 않는다(146-147).

그다음 2월 19일 월요일이다. 롤르봉에 관한 집필을 포기하는 날이다(185). 손바닥을 칼로 째며 시작된 초현실적 장면들을 묘사한다. 환상 속에서 거리를 헤매고 '해군술집'으로 피신한다. 그리고 거쉰인 작곡의 〈내가 사랑하는 남자The man I love〉(1924)라는 재즈를 들으며 비로소 안정된다.[5] 재즈는 특히 그 관악기음으로 로캉탱이 추구하는 비실존의

5 그런데 정작 프랑스 플레이아드판 주석은 이 재즈의 정체를 밝혀내지 못하고 있는데 참고로 이 곡은 인터넷 검색을 통해서도 예컨대 카르멘 맥래(Carmen McRae)의 노래로 청취 가능하고, 샐리 포터의 영화, 〈진저와 로사〉(2012)의 엔딩 음악으로도 들을 수 있다. 앞에 소개된 〈머지않아 언젠가(Some of these days)〉(1924)도 마찬가지이다. 소피 터커(Sophie Tucker)가 부른다.

'엄정함'의 세계를 환기한다. 이 엄격함은 일상의 삶과 실존, 즉 자연(진실)이 제공하지 못한다. 이야기, 소설, 음악의 비실존적 필연의 영역, 즉 '모험'의 체계(진실 같음)에서나 비로소 가능한 일종의 '가상'임을 이해하는 과정이다.

　여자 가수도 한때 과거의 로캉탱처럼, 롤르봉처럼 존재했다. 과거이다. 지금은 회전하는 레코드판과 그녀의 목소리에 진동하는 공기만 그녀 대신 존재한다. 현존재이다. 목소리는 달콤하다. 아주 가깝지만 또한 아쉽게도 멀리 있어 접근할 수 없고, 젊고, 비정하여 멋있지만 그래도 조용한 달콤함이다. 그러나 그 너머에는 바로 이 '엄정함'이 있다(193). 바로 이 엄격함이 그동안 이에 감응한 로캉탱을 구토로부터 구출해 준 것이다. 이 엄격한 세계는 '정밀기계'에 비유된다. 로캉탱이 처음에 "어떤 순간들에는 내 삶이 드물고 정밀한 성질을 갖기를 원했다"고 말하는 그런 시간의 성질이다(75). 일상의 시간이 아닌 이야기의 시간이 그렇다. 이야기는 사건들의 연결이 '필요'하고 그에 따라 필연성은 삶과 달리 이야기만의 특징이 된다. 또한 흑인 여가수와 파브리스 델 동고(스탕달, 『파르므의 승원』의 주인공)가 존재하는

예술과 문학이 제공하는 세계이다. 즉 비실존의 세계만이
가질 수 있는 필연성의 시간이다.

　네 번째는 2월 21일 보타네 식당에서 독학자와 식사하던
중이다. 구토를 맞이한 그는 식탁 위에서 나이프를 구부러
트리는 발작을 한다(228-231).

9. 구토와 휴머니즘

넷째 주-2

날짜	쪽	등장인물, 장소, 소주제
2/21(수)	193-231	**보타네 식당**, 독학자와 요란한 식사
	231-253	**공원**, 마로니에 뿌리, **'부조리'**, 2월 23일 금요일 5시 파리행 기차, 아니와의 만남은 24일 토요일, 그리고 **파리 정착은 늦어도 3월 1일**로 결정
2/23(금)	253	**역원회관**, 파리행 기차

　독학자와의 식사 장면은 아니와의 상봉장면(253-288)만큼
길고 직접화법의 대화체 일기이다. 로캉탱은 테이블에 앉
자마자 그를 초대한 독학자 앞에서 잔인하게 파리를 죽인

다. 잠시 후 발작을 일으키고 식당을 나서는 마지막 장면과 연관된다. 즉 시작이 끝을 예고한다(80-81). 실내에는 그들 말고 네 명의 손님이 있다. 한 명은 분명 '루앙의 남자'이다. 그는 '날짜 없는 쪽지'에 이미 소개되었다(14). 그는 '스왕' 상표의 치약 외판원이다(195). 카운터 너머에는 술과 안주에 열중한 붉은 얼굴의 두 남자가 있고, 창가에는 비시 탄산수를 마시며 신문을 읽는, 품위가 '있어 보이는' 남자가 한 명 있다. 독학자는 이 남자를 힐끔 보더니 자기도 평소에 책 한 권을 가져온다고 말한다. 그렇다고 로캉탱은 독학자가 그들같이 '기품 있어' 보인다고 생각하지 않는다(197). 도서 관에서 독학자가 보이기 시작한 추태부터 그렇다. 지난 주 금요일 2월 16일, 안개 때문에 도서관으로 피신해 온 로캉탱은 독학자가 안절부절못하는 모습을 본다. 남색가인 독학자는 서서히 전모가 드러나듯 어린 남학생들에게 치근거렸고 이를 눈치챈 도서관 사서가 벌써 그를 감시하기 때문이다(144). 하지만 독학자는 변명한다. 그리고 서둘러 로캉탱을 식당에 초대하려던 계획을 꺼낸다. 그 초대일이 바로 오늘이다. 로캉탱은 무관심한 듯 도서관 사건에 대해 묻는다(198-199). 이 대화는 독학자의 최후를 예고한다(298-313). 잠시 후 젊은 남녀가 들어온다. 이제 손님은 모두 8명이다.

로캉탱은 잠시 젊은 남녀의 거동을 관찰한다. 그리고 독학자가 수첩까지 동원하며 찾아내는 격언과 질문 세례에 힘들어 한다. 독학자는 가령 시대별로 미에 대한 기준이 다르고 상대적이라면, 18세기의 '진실'을 더 이상 신뢰하지 않게 된 현대인들이 왜 아직도 18세기의 걸작들을 추천하는가 하는 질문으로 로캉탱을 떠보는 것이다(203-205).

젊은 남녀의 대화가 짧게 인용된다. 남자는 여자를 설득하려 하고 여자는 거듭 거절의사를 밝힌다. 이에 '루앙의 남자'를 제외한 모든 남자는 말을 멈추고, 신문을 내려놓은 채 젊은 여자에 주목한다. 다른 한편 로캉탱은 생각한다. 이들 모두가 자신들이 필연적인 존재임을 믿어 의심치 않는다고. 단번에 지난 금요일(2월 16일) 도서관에서 독학자가 지나치듯 한 말을 떠올린다. "(종교에 관해) 이런 방대한 종합을 시도하는 작업에는 누사피에보다 더 적임자는 없지 않습니까?"(144, 208). 그리고 누사피에라는 이름 대신 실내의 사람들을 차례로 바꾸어 넣은 표현을 서너 번 상상하고 갑자기 혼자 소리 내어 웃는다. '품격 있어 보이는' 남자를 꼭 집어 조롱하고 싶어진다. '당신은 존재하는 이유가 무엇이냐' 물으며 그를 몰아갈 수 있다면 그는 분명 당황할 거라 생각하기 때문이다. 독학자의 일명 '누사피에론論'처럼 그들에게 필연적인 임무와 관념, 그리고 신념은 그들이 실존한다는 사실 자체를 가리고 또한 그보다 앞서는 것이다. 하지만 로캉탱 본인은 자신의 실존을 인식하고, 그들도 그처럼 실존한다는 사실을 안다는 점에서 자신이 그들과 다르다고 생각한다.

그런데 독학자는 로캉탱과 그들 사이에 있다. 원래는 그와 같은 소시민이다. 하지만 이제는 '매혹된 소시민', 혹은 그들의 '아바타'이다. 그리하여 그들의 책에서 메모한 어록으로 그들의 생각과 관점을 대변하는 역할을 맡는다. 그것을 이미 알고 있는 로캉탱은 그의 반응에 따라 '대결'의 수위를 조절한다. 시작은 이런 직설법의 화두로 공격한다. "사람들(부르주아들)은 존재 그 자체의 이유에 대한 물음 없이 그대로 각자 자신의 것이라 생각하는 책임부터 떠안는다(209)." 그러자 독학자는 예상한 대로 그들의 입장으로 옮겨 간다. 삶을 그 가치와 그 목적으로 대체하는 것이다(210-213). 삶 자체가 빠진다. 이른바 소명과 책임에 대한 믿음, 즉 권리의식이 빈자리를 채운다. 이에 독학자가 본의 아니게 내린 부르주아에 대한 간단한 정의는 이렇다. "저는 제 삶을 이런저런 식으로 정돈해 봤어요. 그래서 지금 정말 행복합니다(216)." 젊은 시절의 로캉탱도 그랬듯이 '삶'을 '이야기'의 형식으로 이해하고 착각하는 것이다. '진실'을 〈진실 같음〉으로 대체하려는 것이다. '진실'의 개별성을 '진실 같음'의 공통관념으로 가리는 것이다.

　로캉탱은 독학자의 말 중에서 휴머니스트들의 어록을 가려낼 수 있음에 스스로 놀란다. 자신이 평소 그렇게 많은 휴머니스트를 알고 있는지 몰랐던 것이다(218). 우선 '급진적 휴머니스트'를 떠올린다. 아마도 사르트르는 자신의 외할아버지, 샤를 슈바이체르를 염두에 두었을 것이다. 급진당은 좌익을 표방하며 1901년에 창당했으나 차츰 우경화되고 아예 '관리들의 당'이 되었다. 그런 그가 급진당 후보에게 투표했기 때문이다. 소위 '좌익 휴머니스트'와 '공산주의 작가'로는 분명 그의 고등사범학교 친구들(피에르 기으

Guille, 폴 니장Nizan)을 떠올렸을 것이다. 보부아르와 친구들은 이 대목에서 그들 간의 메시지를 확인했을 것이다. 그다음으로 '가톨릭 휴머니스트'가 열거된다. 그들은 아마도 예수회 교인들이거나 페기, 클로델, 베르나노스 등등 가톨릭 작가들일 것이다. 여기까지가 소위 '주역인사'들이다.

소설은 결국 '대시민'이라 할 수 있는 이 주역인사들에 압도되어 자신의 계급을 버리는 소시민과 학자를 겨냥한다. 이들은 앞서 말한 '경험의 애호가'들이다. 우선, 대시민의 '일반관념'과 '공통개념' 쪽을 택하는 아쉴과 같은 소시민에 대한 아쉬움이 크고, 그다음은 독학자이다. 그는 자신이 그들의 '경찰견' 노릇을 하는 줄도 모르는 지식인 역할을 수행한다. 따라서 당시 그런 지식인에 대한 사르트르의 야유와 경고의 의미를 전하는데, 관념적이라기보다는 오히려 생생하고 개성적인 인물이다. 이같이 소설에는 일정한 직업도 가정도 없는 외톨이 인간이 모두 네 명이다. 이들 중 로캉탱과 아니, 두 명은 저항하고, 아쉴과 독학자, 두 명은 배반하는 이들이다(130, 227).

로캉탱은 이후에도 무려 11개의 휴머니스트 분류를 더한다. 그리고 독학자의 휴머니즘은 이 모두의 합산이라고 생각한다. 이 부분에 관해 우리는 물론 프랑스의 독자도 숨은 의미와 뉘앙스를 이해하기 힘들 것이다. 아쉽게도 지식인들, 그것도 친구들끼리의 짓궂은 은어와 공모의 '눈짓'이 느껴진다. 그럼에도 작가 자신도 독학자로 하여금 이 부분을 지적하게 한다. "이렇게 말씀하셔도 좋겠습니다. 선생님은 어떤 사회적 부류를 위해, 어떤 친구들에게 쓴다고 말입니다. 좋아요. 혹시 후세의 독자를 상정하며 쓰실 수도 있고요. 하지만 어쨌든 누군가를 생각하며 쓰십니다(220)."

이에 로캉탱은 대답하지 않는다. 휴머니스트의 계략에 빠지지 않기 위함이다. 그래서 반反휴머니스트라는 자기 입장도 밝히지 않는다. 휴머니즘은 신비주의, 염세주의, 무정부주의 등등 모든 인간의 태도를 끌어당겨 휴머니즘 하나로 녹여 버리기 때문이라고 생각한다. 참고로 자크 데리다는 이 말이 집필 당시 사르트르의 의중을 가장 잘 이해할 수 있게 한다고 말한다. 그러니까 로캉탱은 지금 독학자의 입을 통해서 '다정하고 추상적인' 모든 휴머니스트를 상대하고 있는 셈이다. 가톨릭 휴머니스트며, '한 인간이기란 매우 어렵다'는 앙드레 말로, 그리고 자신의 독학 경험을 밝히며 부르주아 문화에 대한 열망을 묘사한 장 게노(226) 등등 당시 지식인들의 어록과 상대하는 것이다.

이들을 뒤죽박죽 섞어 내뱉는 독학자의 '휴머니즘'은 로캉탱에게 결국 구토를 가져온다. 원인은 어록이 내포한 당위와 대문자의 추상적인 일반개념이다. "그들을 사랑해야 합니다(222)." 그리고 대문자의 '인간의 젊음', '남자와 여자의 사랑', '인간의 목소리', '젊음', '원숙한 나이', '노쇠', '죽음' 등이다(224). 구토는 이번에 비로소 명백해진다. "나는 존재하고 세계도 존재하는데 그냥 그뿐이고 세계는 나와 아무런 상관이 없다." 그는 그동안 자신의 이성과 그에 따른 대물관념으로 사물이나 세상과 원만하고 조리 있게 관련지을 수 있다고 생각해 왔다. 하지만 오늘 알아차린다. 말하자면 '관계' 자체에 내재한 '부조리'를 이해한 것이다. 그리고 예나 지금이나 무반응인 사물을 상대로 일방적으로 '인류적 결별'을 선언하는 것이다. 그는 발작을 일으키고 식당을 나서기 전에 뒤돌아서서 놀란 손님들에게 얼굴을 보여 준다. 그들이 기억해 두기를 원하기 때문이다. 그리고 같은 날 오후 공원에서 '존재'의 진면목과 함께 '부조리'를 직접 목격하게 된다(241). '부조리'란 말 그대로 '이치'에 맞지make sens 않고 조리條理에 어긋난다는 의미이다. 무엇이? 이 세상(진실)과 인간(진실 같음), 그리고 사물(조약돌, 보라색 멜빵, 마로니에 뿌리)과 인간(로캉탱)은 관념과 이성과 욕망에 따라 일방적인 소유와 피소유의 관계로 정해져 있지 않은(234) '비정형의 덩어리'(238 사물의 반죽, 280 밀가루 반죽), 비정립의 '존재'(237), 즉 관계가 아닌 나열이라는 말이다.

10. 모험과 가상

넷째 주-3 / 다섯째 주-1

날짜	쪽	등장인물, 장소, 소주제
2/24(토)	253-288	아니 재회
2/25(일)	288-291	오르세 기차역

독학자의 휴머니즘과 그에 대한 로캉탱의 혐오로 촉발된 구토는 그 의미가 명백해졌다. 이는 불과 48시간 전의

사건이다. 2월 23일 금요일 파리에 와 하룻밤을 지내고 오늘 24일 토요일 드디어 아니를 만나러 간다. 손이 마구 떨린다. 그리고 헤어지면 그 결과에 따라 다시 부빌로 가서 모든 걸 정리하고 아예 파리로 이주할 예정이다. 일단은 아니와의 만남에서 청춘의 화두에 대한 각자의 해명과 정리가 있을 것이다. 얼마 전까지 로캉탱은 '인위적이고 엄격한, 이른바 정밀한 느낌의 삶'을 지향했고 그게 바로 그의 모험과 청춘의 '진상眞相, fin mot'이지만(324, '내 인생의 결어') 지금 그에게 아니의 도움이 필요하다. 덕분에 그저께 공원에서 얻은 깨달음에 '화룡점정'을 가할 수 있을지 모른다.

　방문을 열어 준 아니는 처음부터 로캉탱을 '이정표'에 비유한다. 전부터 그를 잘 아는 이의 유일한 평가이다. 4년 전까지(256) 그녀가 답답해 하고 질려 버린 그의 단순한 구석을 말한다. 앞서 우리도 이미 일기의 전체 일정이라든지, 2월 21일 수요일 독학자와 식사하던 날 일기에서 나름대로 확인한 바이다. 로캉탱은 그날부터 일주일 후인 28일에 부빌 체류를 마감하고 파리 이주를 3월 1일로 못 박듯이, 그야말로 하나의 이정표처럼 일정을 정하고 그대로 진행하고 있지 않은가? 매달 이자로 생활하는 모습도 그렇다.

그다음은 더 심하다. 아니는 그를 불변의 길이 표준인 '백금 미터자'에 비유한다. 말하자면 그가 오차를 허용하지 않는 꽉 막힌 사람이라는 것이다. '엄격한 시간성'과 '모험의 느낌'에 대한 그의 집착과 관련이 있는 의미이다. 그래서 아니는 자신은 물론이고 그 미터자를 보고 싶어 할 사람은 아무도 없을 거라 한다. 그 미세함과 정밀함 추구에 모두 질릴 거라 생각하기 때문이다. 그래도 로캉탱은 이에 동의하지 않는다. 아니의 야박함은 그뿐이 아니다. 그의 얼굴이 시각적인 기쁨은 주지 않아도 아직도 '이정표'와 '백금 미터자'를 지니고 있을 그의 존재는 확인할 필요가 있었다고 말한다(256).

세 번째 언급은 그래도 로캉탱의 얼굴을 '매일' 생각했다는 것이다. 하지만 이것도 그의 얼굴이 '추상적인 도덕이나 일종의 한계'를 연상시키기 때문이라고 한다. 로캉탱은 아니의 편지를 받던 날 그를 두고 "부르주아처럼 코를 푼다"고 했던 아니의 말을 기억하듯이(120) 아니는 로캉탱에게서 부르주아를 떠올리게 하는 '추상적 도덕과 규율' 교육의 흔적을 보는 것이다. 그런데 실은 로캉탱이나 아니나 같은 교육을 받은 것이다. 아니는 로캉탱과 헤어질 당시 런던의 연극배우였다(260). 일상 너머 무대에서 본격적으로 '완벽한 순간'을 실현하려 했던 것이다. 하지만 실현해 보았자 그 순간이란 순전히 관객들의 몫이라는 점을 깨닫고 그 직업을 떠난 것이다(283).

아니는 로캉탱을 '이정표'라고 규정하며 그를 기준으로 자신의 변화를 가늠하고자 한다. 이에 로캉탱은 질문을 시작하고 아니는 기다렸다는 듯 '최적의 상황'을 설명한다(268, 272-9). 들어 보니 그의 '정밀한 시간성' 묘사와 똑같은 표현이다. "뭐랄까 그건 정말 드물고 정밀한 성질, 말하자면 어떤 스타일이 있는 상황을 말해(274)." 이 말을 따르자면 최적의 상황도 없는 것이다. 그러자 로캉탱은 "그렇다. 모험은 없다. 완벽한 순간이란 없다", 그리고 그는 "두 사람이 동시에, 똑같은 방법으로 변했다"며 기뻐하고(280), 자신이 겪어 온 '모험의 여정'을 자랑스럽게 이야기한다. 아니는 마지못해 동의한다. 그리고 예전에는 로캉탱이 "모험이 다가오기를 불평하며 기다리는 사람"이고 자신은 "모험이 다가오게 하려고 행동에 나서는 사람"이라고 생각했었는데 지금은 "누구든 행동가가 될 수는 없다는 사실"을 알게 되었다며 풀이 죽는다(281). 이는 행동가라는 개념 자체의 허위를 말한다. '행위action'란 말하자면 이야기의 사건성에 불과하다. 그러니까 굳이 표현하자면 행동가란 '사건으로 이야기하는 자'이다. 결국 '모험'의 허구를 추적한 로캉탱과 마찬가지로 아니도 존재한다고 생각했던 것들이 실제로 존재하지 않음을 깨닫는다. "정말 난 '증오'라는 게 존재하며 사람들에게 내려와 사람들을 그들 위로 부양시킨다고 생각했거든(279)." 그리고 아니도 로캉탱보다 일찍 '존재'의 정체를 보았던 것이다(280).

그런데 그 존재한다고 생각한 것은 바로 '가상假想, apparence'이다(133, 163 '외관'도 가상과 같은 뜻). 그것이 아니에게 대문자의 '증오', 그리고 '최적의 상황'과 '완벽한 순간'이었다면, 로캉탱에게는 몇 년 전부터 가끔씩 나타나서는 그를 질책하는 의인화된 상대이자 "고양이처럼 웅크리고 그를 지켜보는" 하나의 눈초리인 대문자의 '관념'(18, 74, 77-78)이고 아직도 순간순간 환시처럼 나타나는 '모험의 인상'이다(253). 하지만 로캉탱은 『구토』(1938)에서 "모험은 없다"라고 하고 사르트르는 『야릇한 전쟁수첩』(1939~40)에서 "모험은 (그 존재가 없는 게 아니고 다만) 실현할 수 없는 것"이라고 수정한다.

다른 한편 가상은 예술적 실제의 기본적 사실을 지칭한다. 즉 가상은 없는 게 아니고 다만 실존하지 않을 뿐이다. 그렇더라도 인간 행위의 본질적인 범주임은 확실하다는 것이다. 그래서 사르트르는 예술이 다른 수용자로 하여금 우리의 '실현 불가능한 것'을 상상적으로 실현하게 하는 수단이 된다고 본다. 이 가상은 칸트, 헤겔, 니체를 거치며 이미 미와 예술에서 중요한 지위를 부여받게 되었다. 특히 니체는 진과 선에 대립되는 미의 속성을 분리해 충격과 매혹의 효과를 가지는 번득이는 가상으로 만들려 했다. 실제로 이에 충격, 혐오, 두려움 등의 효과를 포함하면 강력해진 가상은 모든 실제를 침범하고 일상성을 부정하게 된다. 미학적 현상이 가지는 환상적 성격은 효용적인 모든 기능, 모든 직접적이고 실용적인 표명으로부터 해방된 표현의 조건이 된다.

결국 아니 자신은 일상과 다른 '최적의 상황'과 '완벽한 순간'의 수집에 집착한 '모험가'에 그쳤다며 이를 또 다른 모험가 로캉탱에게 평가하라고 하는 셈이다. 그러나 정작 아니가 부러워할 롤 모델은 '행동가'도 아니고 차라리 '투사'일 것이다. 고문에도 불구하고 입을 열지 않으며 단순히 "난 달리 방법이 없었다"고 말하는, 즉 부르주아적 자기모순이 없는 '혁명가 투사'일 것이다. 파리 해방 이후 사르트르의 희곡, 『무덤 없는 주검』(1947)의 뤼시, 카노리, 앙리와 같은 투사들이다. 하지만 『구토』의 두 주인공은 『더러운 손』(1948)의 위고와 『악마와 신』(1951)의 괴츠로 다시 등장하게 된다. 사르트르는 이들을 통해 자신의 출신을 떠안으며 동시에 역사에 참여하는 부르주아 모험가들의 고뇌를 상징적인 형식으로 보여 준다. 하지만 이에 괘념치 않는 공산주의자는 아예 부르주아지를 청산하며, 모험가의 자기모순을 모두 무시한 진정한 투사만으로 충분하다는 경직성을 보인다. 하지만 사르트르에게 소중한 건 여전히 모험가의 이율배반이고 주체성이다. 그래서 그는 이 세상 마지막 모험가로 7개의 불가능한 조건들을 경험한 아라비아의 로렌스1888~1935를 꼽는다.

다섯째 주-2

날짜	쪽	등장인물, 장소, 소주제
2/27(화)	291-297	부빌로 귀환
2/28(수)	298-313	**도서관**, 독학자의 최후
	313-330	**역원회관**(예술에서 위안을 찾는 머저리들Les cons)

결국 소위 남색가 휴머니스트는 최후를 맞고 로캉탱은 소설을 한 권 발표한 후 살아남기로 한다. 독학자는 부빌의 본거지, 시립도서관에서 퇴출되고 로캉탱은 부빌을 벗어나 파리로 간다. 아마도 사르트르가 자서전에서 자신이 바로 로캉탱이었다며 스스로 멋쩍어 하는 이유일 것이다. 나름 대로 부르주아와 독학자를 관찰하고 분석하며 그들의 비밀을 캐낸 다음 동시에 그들을 버리고 자기는 여전히 생존을 선택하는 셈이기 때문이다. '편집인의 머리말'이 이를 짐작게 한다. 2월 29일 부빌을 떠난 로캉탱은 '날짜 없는 메모'와 1월 29일부터 2월 28일까지 쓴 한 달 남짓한 일기를 추려서 파리의 출판사에 투고한다. 그 다음 월 1200프랑의 이자소득으로 근근이 버티는, 완전히 익명의 외톨이로 돌아간다. 물론 자살은 하지 않는다(240, 292). 본인 말대로 모든

게 끝났다지만 그래도 그는 파리에서 "일 년 후에도 오늘처럼 텅 빈 채로, 죽음 앞에서 추억거리 하나 없이 비굴하게" 튈르리 공원과 뤽상부르 공원을 배회할 것이기 때문이다 (320-21).

2장
소주제별 해설

1. 살기와 이야기하기

<u>#1</u>　　골목 저쪽 끝에서 어떤 여자가, 이쪽에서는 내가 서로 거리를 좁히며 걸어가고 있다. 어쩌면 가슴이 두근거리는, 아니면 어색하기 이를 데 없고 빨리 벗어나고 싶은 순간이다. 내가 이 처녀를 사랑하게 될지 그대로 지나치게 될지 아무도 모른다. 하지만 이것이 소설이나 영화의 한 장면이라면 독자와 관객은 답을 알고 있다.

나에게도 이런 기억이 수없이 있었으나 이 장면들은 단

연코 내게 사건($événement$)이 되지도 않았고 나의 삶이라는 단위에서 플롯 혹은 행위(즉 무위無爲, inaction의 반대)의 시작이 된 적도 없었다. 하지만 소설, 연극, 영화의 한 순간이라면 이는 분명 다른 성격을 가진다. 일상의 무위와 다르게 행위를 구성하는 의미를 가져야 한다. 잎과 가지가 무성하여 열매가 탐스런 나무처럼, 사건과 그 의미가 함축적이고 다양하지만 유기적인 관련 체계에 있는 예술작품처럼 구성요소 각자는 필연적인 존재와 '관계'의 의미를 가지고 나아가 행위 중에 스스로를 소진해야 한다. 사르트르는 『구토』에서 #1의 일상적 순간은 '살기'이고, 그리고 소설과 영화와 같이 비일상적인 순간은 '이야기하기'라 부른다(79-81).

홍상수 감독이 〈오 수정!〉(2000)이나 〈극장전〉(2005) 등의 영화에서 다루는 것도 이러한 삶과 이야기의 대비이다. 전자에서는 어느 동일한 시점의 과거가 그 사건에 연루된 주인공들의 기억과 해석에 따라 서로 다르게 회상되지만, 그들은 그 과거(삶 자체)가 어차피 그 과거에 대한 기억(이야기)과 다를 수밖에 없음을 이해하지 못하고 그 혼란 자체를 작품의 행위로 이끌어 내려 한다. 후자에서는 배우인 여주인

90

공이 〈극장전〉 속에 소개되는 자신의 최근 개봉작(즉 이야기)과 〈극장전〉 속의 삶을 뒤섞으며, 그 개봉작의 관객이자 동시에 감독 지망생이라는, 〈극장전〉의 남자 주인공의 삶에 개입하게 되고, 그들의 만남(삶) 또한 〈극장전〉(즉 이야기)으로 만들어 내게 된다. 선배가 만든 영화를 보러 온 남자 주인공이 극장을 나서면서, 관객의 신분으로 그 영화를 보러 온 여배우를 우연히 만난 것이다. 관객인 나는 이 순간 두 인물 사이에 내가 '예상하는' 일들이 펼쳐질 것임을 '안'다. 이 감독의 영화가 식상하게 매번 그런 식이라서가 아니라 소설과 영화 같은 '이야기'의 속성이 그러하기 때문이다. 또한 나는 동시에 행여나 내 삶의 사건들이 그런 식으로 생겨날 수 없음을 알고 있다. 하지만 '살기 자체'와 '그 삶에 대해 말하기'를 뒤섞어 생각하는 인간은 막연히 꿈꾼다. 나에게 주인공과 같은 식의 만남이 언젠가 생겨날 순간을. 사르트르는 이러한 삶과 이야기의 뒤섞임을 미추에 대한 의심을 통해서도 보여 준다.

#2   친구가 나를 보고 못생겼다고 하고 나는 이에 별 저

항 없이 동의한다. 하지만 혼자서 조약돌을 하나 집어 아무리 살펴보아도 난 추함도 아름다움도 찾을 수 없다. 단지 추함이 아름다움의 부재라는 것과 내 얼굴의 선이 제멋대로 생겼다는 것밖에는. 그래도 난 못난 사람들이 어떤지는 알고 있다. 단지 내가 며느리를 탐낼 수 없는 시아버지처럼 너무 내 자신에게 익숙해 있을 뿐이다.

『구토』의 주인공, 로캉탱은 이를 이렇게 표현한다.

#3   거의 하루 종일 혼자 있으며 나는 카페에서 대화에 몰두한 젊은이들을 본다. 그들은 카드놀이를 하며 커피를 마시고 말을 나눈다. 그들은 서로 같은 의견을 가지고 있음을 확인하고 좋아한다. 그들의 이야기는 간명하고 진실vrai일 수 semble 있어able 보인다(즉 이성적이다). 하지만 내가 만일 그들 입장에 선다면 우물쭈물하며 말을 더듬을 것이다. 왜냐하면 내게 하루의 일과가 그들처럼 그렇게 분명한 것이 아니기 때문이다. 사람이 혼자 살고 있을 때는 이야기한다는 것이 어떤 것인지도 모른다(21).

즉 여러 명의 대화 상대가 있으면 이야기가 자연히 자리한다. 그리고 이야기는 우리를 논리적이고 진실에 부합하는 유기성과 필연성의 세계(인문환경)로 인도한다. 이야기의 세계는 소설이 내보이는 허상의 세계와 다르지 않다. 소금장수가 산골마을에 나타나면 골짜기에는 도회지의 소식과 함께 비로소 이야기가 흐르기 시작한다. 하지만 로캉탱은 부빌 도서관과 카페만을 왕래할 뿐 거의 혼자 지내기 때문에 이야기가 없는 세계에 있다. 마땅히 그래야 한다는 '진실 같음'의 규약도 지킬 필요 없고 꼭 이성적이지 않아도 되는, 오로지 불연속과 우연성으로 가득한 '진실'의 세계(자연환경)를 마주하고 산다. 그러나 일상과 존재의 원 뜻은 그곳에 있다.

그렇다면 일상의 이야기는 왜 소설과 다르지 않을까?

#4   사람이 살고 있을 때는 아무 일도 생기지 않는다. 배경이 바뀌고 여러 사람이 들어왔다가 나가고 그뿐이다. 결코 시작이라는 게 없다. 나날의 단조로운 덧셈이다. 그게 바로 산다('살기')라는 것이다. 그러나 사람이 그 삶(경험한 사건)

을 이야기(말해진 사건)할 때에는 모든 것이 변한다. 다만 아무도 알아채지 못하는 변화인데, 그건 사람들이 '이건 진짜야, 정말 진짜 이야기라고'라고 말하는 데서 알 수 있다. 마치 '진짜 이야기'라는 게 있기라도 한 듯이 생각하는 것이다. 사건들은 한 방향으로 일어나는데 우리는 그 사건들을 그 반대방향으로 이야기한다. 즉 우리는 그 사건들의 첫 부분부터 말하기 시작한다고 생각하는데 이는 착각이다. 실제로는 그 사건들의 결말부터 말하기 시작하기 때문이다. 이야기 첫 부분(소위 말하는 '시작')에 결말이 보이지 않은 채 자리하고 있기 때문이다. 그래서 이야기나 소설의 첫 문장은 의미심장하다. 보이지 않는, 하지만 이미 이루어진 결말이 화자에 의해 첫 부분에 암시되어 있기 때문이다(78-81).

그러니까 이야기는 소설처럼 모두 가짜이다. 모두 가짜 이야기이다. 그러면 내가, 소설가처럼 가짜 이야기를 했다고? 그렇다. 모르고 한 말이니 죄는 성립되지 않지만. 왜냐하면 '진짜 이야기'는 그 자체가 존재할 수 없기 때문이다. 그리고 이야기와 소설에는 똑같이 시작과 결말이 있다. 하지만 삶에, 즉 경험된 사건('삶'의 다른 표현)에 시작과 결말이 있는가? 없다. 말해진 사건('이야기'의 다른 표현)에만 있다. 출생과 죽음이, 기상과 취침이 시작과 결말이라고? 만약 여러분이 그렇게 생각하고 있다면 살기와 이야기하기가 구분되지 않은 하루를 보내고 있다는 증거이다. 이를 깨닫기 전에 로캉탱의 삶에 대한 생각도 그러했다. 우리가 지금도 원하듯이, 그도 삶의 순간순간이 소설(이야기)의 순간들처럼 서로 연결되고 '우리가 회상하는 어느 과거'(이야기)의 순간들처럼 질서정연하기를 원했던 것이다. 소설과 이야기의 순간순간이 연결된 순간들의 '고리'들이라면 정작 그 소재인 삶의 순간순간은 연결되지 않은, 날 것들의 '나열'이다. 오늘 내가 겪은 사건들을 며칠 뒤 다시 기억해 이야기의 형식으로 혼자 읊조린다든지 부모님에게 보고한다면 그 암송과 보고는 이야기 형식으로 바뀌기 때문에 삶의 실제에 대한 왜곡을 피할 수 없다.

#5   내 생각은 이렇다. 가장 평범한 사건이라도 모험이 될 수 있는데, 그건 사건을 남에게 '이야기하기' 시작해야 하

고 그것만으로도 충분한 것이다. 바로 그게 우리가 모르는 점이다. 사람이란 항상 이야기를 해야 살 수 있는, 바로 이야기꾼이라는 점이다. 자신의 이야기들과 주변의 이야기들에 둘러싸여 살며 그에게 생겨나는 모든 걸 이야기를 통해 보기 때문에 자신의 삶도 그 삶을 이야기하듯 살려 하기 때문이다. 하지만 하나를 선택해야 한다. 살기와 이야기하기 중에서 하나를(78-79).

이 인용문은 사람이란 무릇 이야기꾼이라는 말이다. 소금 장수는 산골 마을에 소금만 파는 게 아니라 이야기도 나르는 것이다. 우리가 삶에 쉽게 지치는 이유도 생각해 보면 이야기를 통해 삶을 바라보기 때문이다. 그러니까 이야기는 인간의 욕심이기도 하다. 시작이 있으면 시작에 걸맞은 끝이 있어야 하고 또한 이야기는 말이 되고make sens 이야기다워야 혹은 진실다워야 한다고 생각하기 때문에 시시한 이야기와 시시한 경험과 시시한 삶에서 고개를 돌린다. 주인공이 골목에서 마주친 여자를 '당연히' 사랑하게 되듯이 나도 그런 예시豫示 속에 부름을 받고 싶은 것이다. 그런데 삶에는 정작 그러한 예시나 전조가 없다. 하지만 우리는 어느 자연재해나 살인 사건이 발생하면 사후적으로 그 이전의 사건과 자료들을 통해 예시와 전조를 읽어 낸다. 그래서 인류는 갈수록 천재天災의 비중을 줄이고 인재人災의 비중을 늘려 나간다. 과학의 진보와 더불어 인간은 이야기의 힘에 더욱 의존한다. 과학자들의 새로운 발견과 해명은 일반인들의 상식 수준을 나날이 높여 가며 일반인들도 과거의 과학자 못지않게 '이야기하기'와 진단을 할 수 있게 된다.

2. 모험의 느낌

26세의 작가 지망생 사르트르는 1931년부터 거의 6년간 이 소설에 공을 들인다. 비록 상업적인 이유로 채택되지 않았지만, 원제는 '멜랑콜리아'로, 나름대로 부제는 '앙투완 로캉탱의 비일상적인 모험'으로 정하고 출판사에 원고를 보냈다. 또한 서평의뢰서와 띠지 광고 문구로 '모험은 없다'라는 표현을 제시하였다. 이는 그가 모험이라는 테마를 얼마만한 비중으로 소설에 구상하였는지 가늠하게 한다. 모험이라는 어휘는 우선 소설의 50쪽에 등장한다.

#6   감동적이다. 내 몸이 쉬고 있는 정밀기계인 듯 느낀
다. 난 정말 모험들을 겪었어. 자세한 건 생각나지 않지만,
그때 상황들의 엄정한 연결들은 지금도 보는 듯해. 이를테면
바다들을 건너고 도시들을 뒤로 하며 난 떠났고 강들을 거슬
러 올랐고 밀림에 갇힌 적도 있었고, 하여간 난 항상 다른 도
시들을 향해 떠났단 말이야. 여자들을 갖기도 했고 놈들과
싸우기도 했고 하지만 한 번도 되돌아온 적은 없어. 레코드
판이 되돌아가지 않듯이. 그런데 이 모든 게 나를 '어디로' 인
도한 거야?(50)

그 다음으로 '외톨이 인간' 로캉탱에게 관심을 보이는 이
가 있다. 독학자(《문예》, 독서광)이다. 로캉탱의 분신으로 볼
수 있거나 혹은 그의 의식을 '현상現像'하고 현재로 불러오
는 임무를 띤 듯 보이기도 하다. 예컨대 자신이 현재 수행
중인 독서 일정이 끝나면 로캉탱처럼 많은 '모험'을 겪기 위
해 답사 여행을 계획하고 있다고 언급한다. 그러자 로캉탱

은 모험에 대한 그동안의 자부심과 착각을 허상으로 자각
하며 곧바로 '모험'에 대한 성찰을 시작하게 된다. 이는 소
설의 행위(로캉탱이 '구토'와 '실존'의 정체를 밝혀내는 과정, 즉 소설의
플롯)를 이끄는 견인차가 된다. 하지만 잊지 말아야 할 것은
이 소주제와 전체주제와의 관련성이다. 즉 모험이 부르주
아 고발이나 '실존'의 발견에 어떠한 연관을 가지는지 끝까
지 살펴봐야 한다.

#7   선생님은 모험을 많이 하셨죠? 좀 했죠. 맞다. 이렇
게 답변하자마자 오늘 내 자신에 대해 커다란 분노를 느낀
다. 내가 거짓말을 하는 것 같다. 살아오며 조그만큼도 모험
을 한 적이 없는 듯하다. 더 이상 이 주제에 대해 말하고 싶
지 않다. 모험의 의미조차도 모르겠다. 그를 보내고 지금 난
불을 끄고 혼자 누웠다. 그렇다. 난 모험이란 걸 한 번도 해
본 적이 없다(73-74).

본격적인 서술은 74쪽에서 시작된다. 하지만 '일상적으
로 실현 가능한 범위를 벗어난 용감하거나 무모한 시도'를

모험이라 일컫는다면 이 소설의 모험은 약간 범위를 넓힌다. 요컨대 이 소설에서 모험이란 우선 이야기의 구조처럼 시작과 끝이 있고, 사건들도 서로가 서로의 전조와 증명인 듯 '관계' 짓는 그런 사건들일 때, 바로 그 엄밀하게 정렬된 구조 속에서 느끼는 필연적이고 미학적인 시간성을 의미한다. 앞서 언급한 대로 시작에는 이미 작가의 의중에 있는 결말의 존재가 보이지 않은 채 어느 정도 암시되어 있다. 그리하여 독자는 시작의 첫 줄을 그대로 믿지 않고 행간에 숨겨진 맥락을 상상하며 그 의미가 '현상'되는 순간까지 기억해 둔다. 그러므로 이야기의 한마디 한마디는 다음 마디에 대한 암시, 그리고 앞 문장의 의미 현상과 존재증명의 의미를 가지며 연결된다(#1 참고). 모험이란 한마디로 자신의 삶을 마치 소설인 듯 살고자 하는 시도이다. 그러므로 다음과 같이 종합할 수 있다.

#8   우리가 놓여 있는 우연성의 시간에, 다시 말해 형태나 운반수단vecteur이 없는 무기력한 지속에, 음악이나 무용이나 아니의 '완벽한 순간'처럼, 함부로 망가트릴 수 없는 질

서와 필연성을 각인하는 것이 모험의 기능이다. 시간의 미학화이고 실존의 상상화이다. 그래서 모험은 보완적이라기보다는 필연적으로 '이야기'를 요청하는 것이다.

우리의 일상에서 목격하는 사건들의 무의미한 '덧셈'과는 다르게 소설의 사건들(의 연결)은 이같이 모험의 구조를 가진다는 사실을 드디어 이해하기에 이르자, 로캉탱은 책 속의 사건과 일상의 삶을 무분별하게 뒤섞은 자신의 오랜 부르주아적 착각을 스스로 고발하기에 이른 것이다. 이는 자신만의 문제가 아니다. 결국 아니의 '완벽한 순간'에 대한 집착도 그렇고 그들이 속한 부르주아 계급과 이 계급을 대변하는 부르주아 문학과 예술 형태들의 문제이기도 하다. 이런 종류의 문학과 예술은 〈진실 같음〉과 그에 따른 수용자의 '감동'을 매개로 하는 기만적 태생이기 때문이다. 그래서 이 소설 속에는 '감동émotion'과 '동감sympathie'이 그 중심에 있는 발자크와 스탕달의 소설, 그리고 쇼팽의 〈전주곡〉(322) 등이 인용되거나 거론되는 것이다.

#9   내가 다른 어떤 것들보다 더 집착한 게 있었는데, 난 여태 그걸 의식하지는 못했다. 그건 사랑도 아니었고, 맹세컨대, 명예도 부귀영화도 아니었다. 그건 … 요컨대 난 내 삶의 어느 순간들이 드물고 정밀한 성질을 띨 수 있을 것이라고 생각한 것이다. 특별한 상황이 따로 필요하지 않았다. 나는 단지 약간의 엄정함을 요구했다. 지금 나의 삶에는 빛나는 어떤 것도 없다. 가끔씩, 예컨대, 카페에서 음악이 들릴 때, 과거로 되돌아가서 중얼거린다. 예전에 런던, 메크네스, 도쿄에서 멋진 순간들을 경험했지, 난 모험들을 한 거야라고. 그런데 지금 내게서 거두어지고 있는 게 바로 그 생각이다. 갑자기 뚜렷한 이유 없이 알게 되었다. 10년간 내 스스로 거짓말을 해 왔다는 사실을. 모험들이란 책 속에 있다. 당연히 책 속에서 말하는 사건들도 실제로 일어날 수 있는 사건들이지만, 같은 식으로 일어나지는 않는다. 내가 그렇게 강렬하게 집착한 것은 바로 그런 (책 속의) 사건 도래 방식이었던 것이다(75-76).

'정밀한 성질qualité précieuse'의 의미는 우선 프레시오지테

préciosité라는 프랑스 살롱문학의 특성과 연관하여 생각해 볼 수 있다. 우리는 이를 '17세기 프랑스 사교계에 출입하던 문인, 예술가 등 귀족, 부르주아들이 자신을 돋보이게 하려고 추구하던 정교함과 엄밀함의 취향, 표현, 혹은 문체'라고 설명할 수 있고 따라서 필자의 제안대로 '정밀취향精密趣向'이라는 표현으로 옮길 수 있을 것이다. 물론 부정적인 의미도 있지만 이 경향 덕분에 문학사는 프랑스어가 그만의 세련된 표현과 우아한 격조를 갖추게 되었다고 평가한다. 사르트르 또한 젊은 시절 '정밀한'이라는 형용사를 자주 사용하였다. 특히 이 소설의 인용문처럼 삶과 사랑, 아름다움과 예술의 성질을 시간성에 의해 규정할 때 빼놓지 않고 동원하는 수식어가 되었다. 이래서 로캉탱이 '약간의 엄정함'만으로도 '드물고 정밀한' 그 순간은 실현 가능하다고 말하는 것이다. 이 형용사 용법의 핵심은 바로 인간이 정밀하게 어떤 목적성을 가지고 작업한 바의 결과물, 즉 작품(œuvre, ouvrage, ouvrer는 모두 자연이 아닌, 인간의 즉 '인공적인 작업'을 뜻한다)의 시간성에 있다. 그러므로 로캉탱이 원했던 삶의 어느 순간들이 가지는 정밀함이란 성질은 자신의 작업을 거

처 이루어 낸 '작품의 시간성'을 구성하는 동질의 정밀함이
라고 볼 수 있다. 사르트르는 『전쟁수첩』(1939-40)에서 이를
다음과 같이 설명한다.

#10   나는 미美를 단지 순간들의 감각적인 매력이라기보
다는 차라리 시간의 흐름에 있는 단일성과 필연성이라고 생
각한다. 그에 대한 좋은 예가 지난 2월 휴가에 대해 품었던
나의 욕망이다. 나는 그 휴가가 '정밀하기'를, 다시 말해 그
끝을 향해 미리 정해진 흐름으로 내가 그 휴가를 철저하게
끝까지 느끼기를 원했던 것이다. 결국 내가 줄곧 맹렬히 원
했고, 아직도 원하는 건, 오늘 비록 어떤 희망도 없더라도,
아름다운 사건 한가운데 있어 보는 것이다. 그 사건이란 다
시 말해 내게 다가오는 시간의 흐름이다. 그렇지만 한 폭의
그림이나 한 곡의 음악처럼 내 앞에 있는 게 아니고, 나의 삶
주위에 그리고 나의 삶 안에서, 나의 시간으로 이루어지는
것이다. 이 사건이 아름답기를, 요컨대 비극, 멜로디, 운율의
눈부시고 가혹한 필연성을 가지기를, 이 모든 시간의 형태들
이 위엄 있고 미리 정해진 우여곡절을 거쳐, 그 옆구리에 지

니고 있는 결말을 향해서 진행되기를 원하는 것이다. 나는 이 모든 것을 『구토』에서 이미 설명했다.

그동안의 집착은 이와 같이 삶의 시간성에 관한 것이었다. "내 삶의 어느 순간들이 드물고 정밀한 성질을 띨 수도 있을 것"이라는 젊은 시절 로캉탱의 소망을 몇 년 뒤에 작가 스스로도 "아름다운 사건 한가운데 있어 보는 것"이라고 달리 표현하는 것임을 알 수 있다. 이와 같이 그가 추구하였던 시간성이란 오로지 책 속이나 무대 위에서만 실현되는, 예컨대 '삼단일 규칙trois unités'과 '진실 같음'과 '적합성bienséance'이라는 내적 규칙을 엄수한 라신Racine의 정교한 비극에서나 볼 수 있는 단일성과 필연성이 주는 그러한 아름다움이란 가상의 시간성이었지, 삶에서는 절대로 가능하지 않으며, 이야기의 회상 형식으로나 즐기는 미적 체험에 불과하다는 뜻이다.

요컨대 자신의 젊은 날을 곤두서게 했던 모험에의 갈망은 허상이었다. 왜냐하면 이제 와서 깨닫게 되었듯이 모험은 '없거나', '실현 가능하지 않거나', 이미 이루어진 사건들을 '회상 형식으로 서술한 이야기나 책 속에나 있는 즉 과거형의 존재자'이기 때문이다. <u>모험은 사건의 오로지 책 안에서의 실현 방식이기 때문이다.</u> 정밀한 순간순간의 연결로 이루어지는 시간성이라는 운반수단(벡터)으로만 가능한 것이다. 그에 비해 사건의 책 밖에서의 실현 방식은 우리가 일상에서 경험하는 바 그대로이다. 시작과 결말이 없으니 무턱대고 쌓이기만 할 뿐 순간순간이 톱니처럼 그렇게 맞물려 있지도 않다. 그러니까 인간은 이러한 무형식의 자연환경적인 시간에 놓여 있으면서도 로캉탱처럼 사건의 책 안에서의 실현 형식, 즉 인문환경적인 시간을 꿈꾸며, 욕망이라는 헛된 순간을 살아가는 숙명에 놓여 있다.

그런데 사실 일상에서 누구나 '모험의 느낌'을 간혹 겪을 수 있다. 착각이긴 하지만.

<u>#11</u>   우선 [소설의] 시작이 진짜 시작이어야 했다, 나 원 세상에. 지금 내가 원했던 바의 정체를 알겠다. 진짜 시작은 트럼펫 소리나 재즈의 첫 음들처럼 갑자기 나타나 권태로운 순간을 날려 보내고 시간을 견고하게 다진다. '난 산책하고

있었다. 오월의 어느 저녁이었다.' 그 다음 갑자기 우리는 생각한다. '무슨 일이 생겼다.' 어떤 일이라도 괜찮다. 그러나 이 별 것 아닌 일도 다른 것들과 같은 게 아니다. 곧바로 우리는 그 사건 뒤에는 그 윤곽이 안개에 가려 있는 커다란 형태가 있음을 보게 되고 생각한다. '무슨 일이 생긴다.' 하지만 그 어떤 일은 시작되지만 결국 끝난다. 모험은 연장되지 않는 것이다. 사멸로서 의미를 가진다. 나 또한 이 사멸을 거스르지 못하고 이끌려 들어간다. 각각의 순간들은 나타나지만 그 출현은 오로지 다음 순간들을 이끌기 위함이다. 난 전심을 다해 이 순간 모두에 애착을 느낀다. 하나밖에 없는 순간들 아닌가. 대체할 수 없는. 그래도 난 그 소멸을 막으려 어떤 제스처도 안 할 것이다. 결국 마지막 일분이 흐르고 나는 그 일분을 잡지 않는다. 그 순간이 사라져가는 모습을 좋아한다(76-77).

이런 순간들은 실제 진행 중인 모험 속의 순간이 아니라 '모험의 느낌, 혹은 인상'이라는 착시 현상을 느끼는 순간이다. 일상의 순간들과는 다른 특별한 순간들이기에 새롭다.

하지만 어느 무료한 오후 창문의 햇살 풍경을 보며 마치 오래 전, 언젠가도 이런 장면을 창문에 기대어 마주한 적이 있다거나, 아주 오래 전부터 이 장면을 보고 있었다는 느낌을 가지는 데자뷔(기시감)의 순간들처럼 일종의 착시이다. "이 모험의 느낌, 이것만큼 내가 소중히 여기는 것은 세상에 더 없지. 그러나 제멋대로 다가와선 왜 그렇게 빨리 떠나간다지. 그때마다 얼마나 내가 메말라지는지. 내가 삶에 실패했단 사실을 보여 주기 위해선가? 내게 이런 짧고 야유적인 방문을 하는 이유가 말이야"(109). 작가는 후일 『전쟁 수첩』에서 이 모험의 느낌에 대해 추가적으로 설명한다.

#12　카페의 축음기처럼 예술은 모험의 느낌을 준다. 음악이 멈추면 한 세계에서 모험이 없는 다른 삶으로 떨어진다. 사는 도중 어떤 도움도 없이 모험의 느낌을 가질 때가 있다. 미래는 감안하지 않고 과거를 현재에 연결시킬 때, 간단히 말해 자신의 삶을 소설화할 여유가 있을 때가 그렇다. 그예로 내가 군복무 중일 때를 들 수 있다. 그 순간에 미래는 전혀 나를 억누르지 않았다. 두 시간을 때워야 했다. 난 소설

가의 방법을 택했다. 내 모든 관심을 예전에 알았던 사람들과의 관계, 그리고 내 삶의 대체적인 성격(규정)에 집중했다. 그 다음 시각을 내 자신에게 돌렸다. 이와 같이 우리는 가끔 오직 생각만으로도 고도의 즐거움을 스스로 마련할 수 있다. 한순간에 과거를 현재로 끌어내 오면서 난 지금 여기 있다. 하지만 그건 아무런 일도 하지 않을 때이다. 모험을 하지 않는 그 때에 모험의 느낌을 갖는 것이다. 가끔 일요일 거리에서 모험의 느낌을 가진다. 아무런 할 일이 없다. 막연히 세상의 흐름을 운명적으로 상상한다. 만일 다른 거리로 간다면 삶의 흐름도 바뀔 것 같아 보인다. 삶의 흐름을 전혀 바꾸지 못하더라도 그건 모험으로 보인다. 그 다음 갑자기 환상이 깨진다. 그러나 현재가 재촉하면 그렇지 못하다.

또한 로캉탱은 삶을 바라보는 관찰자이다. 그렇기 때문에 타인과 자신의 시각 자체에 대한 시각, 즉 메타시각이 있다. 또한 '바라보는' 행위는 그에 의해 '시간'과 연결된다.

3. 시각의 함정

<u>#13</u>　　　이 모험의 느낌이라는 것은 분명 사건들로부터 오지 않으며 그건 증명이 되었다. 그 느낌은 차라리 순간들이 연결되는 방식일 것이다. 자, 그 내막은 이렇다. 어느 순간 문득 우리는 시간이 흐르고 있다는 사실을 느낀다. 순간들 각자는 다른 순간으로 연결된다. 그리고 그 다른 순간은 또 다른 순간으로, 등등 이하 동일. 또한 순간들 각자는 사라지며, 따라서 그들을 잡으려 해봐야 소용없다고 우리는 느낀다. 그런데 우리는 이러한 순간들의 특성을 여러분의 순간들 '안에' 나타나는 사건들의 특성이라 여긴다. 그러니까 형태에 속한 것(사건과 순간들의 연결방식)을 내용(사건과 순간들의 특성)으로 전가하는 것이다. 요컨대 이 말 많은 시간의 흐름에 관해 사람들이 언급은 많이 하지만 그걸 볼 수는 없는 법이다. 예컨대 우리가 어느 여자를 보고 있다. 그녀가 늙어 갈 거라고 생각하지만 그녀가 늙는 것을 정작 '보지'는 못한다. 그러나 가끔은 그녀가 늙어 가는 모습을 '보는' 듯하다. 그리고 우리도 그녀와 함께 늙어 감을 느끼는 듯하다. 그게 모험

의 느낌이다. 그리고 내 기억이 옳다면 우리는 그걸 '시간의
불가역성'이라고 한다. 그러니까 아주 간단하게 말해 모험의
느낌이란 '시간의 불가역성'의 느낌이다(110).

작가가 '보다'라는 동사를 모두 강조하는 이유는 인간의
시각 자체가 가지는 함정을 부각하려 함이다. "본다는 것,
그건 추상적인 발명이며, 씻기고 단순화된 관념, 인간의 관
념에 불과하다"(244). 우리가 두 눈을 부릅뜨고 모든 걸 하
나도 놓치지 않고 감시하고 관찰한다고 생각할 때에도 실
상 보고 느끼고 인식하는 건 모두 우리의 기존 관념이라는
'여과지'를 통과하며 정제되고 굴절된 앎이다. 인간은 모든
보는 순간에 자신의 관념으로 존재를 왜곡하며 오히려 발
명한다고 해야 옳다. 시각은 경험주의적 인식수단으로서
다른 감각과 함께 오류의 가능성을 내포하고 있다.

#14   하마터면 나는 거울의 함정에 빠질 뻔했다. 난 거울
은 피하지만 유리창의 함정에 빠지게 된다. 저 노파가 성가
시다. 집요하게 앞으로 걸어 나간다. 눈에 초점은 없다. 가끔

두려운 듯 멈춰 선다. 보이지 않는 위험이 스쳐간 듯이. 지금 내 창문 바로 밑이다. 바람이 그녀의 치마를 무릎에 붙게 한다. 그녀가 다시 떠난다. 지금은 난 그녀의 등을 보고 있다. 현재 걸음의 속도로 보면 누아르 로까지 10분은 족히 걸릴 것이다. 그동안 난 이대로 있을 것이고 그녀는 스무 번은 멈췄다 다시 떠나고 멈추고 할 것이다. 난 미래를 '본다'. 미래는 저기 길에 놓여 있다. 현재보다 약간 더 창백하다. 미래가 실현될 필요가 있을까? 노파는 절름거리며 멀어져 간다. 그녀는 저기에 있었다. 지금은 여기에 있다. 내가 지금 어디에 있는지 모르겠다. 그녀의 몸짓을 내가 '보는' 걸까? '미리 보는' 걸까? 난 더 이상 현재를 미래로부터 구분하지 못하겠다. 그러나 현재는 지속되고 조금씩 실현된다. 이게 바로 시간이다. 헐벗은 시간 자체이다(63-64).

사르트르가 모험의 느낌이라며 반복적으로 사용하는 표현은 바로 이 같은 시간성에 대한 오류 판단을 밝히려는 의도이고 이 오류는 위에서 보듯이 시각(즉 본다는 것)의 속성 또한 파악하지 못한 결과이며 따라서 모험의 느낌은 시간과 시각에 대한 '선점적 오류'를 해체하여 보여 주기 위한 현상적 개념이다. 우리는 삶 속에서 벽시계로 확인한 기계적인 시간을 의심 없이 우리의 시간으로 수용한다. (필자가 언젠가 천변을 산책하던 중이었다. 왜가리들이 퍼덕대고 있었다. 이를 희롱 장면이라 생각하고 무심코 사진을 찍었다. 하지만 귀가 후에 현상하니 희롱이 아니라 먹이를 용케 물어 든 한 왜가리에 대한 시기와 공격이었음을 알게 되었다. 그제야 필자의 시력 수준을 인정하게 되었고 사진기 또한 시력의 보정기로 수용하게 되었다.) 이처럼 인간은 모험에 대한 환상을 가지고 청년 시대를 살아간다. 내 시력의 확실성을 굳게 믿으며 자신감을 가진다.

하지만 우리는 이 환상을 쉽게 부정하거나 헛되이 실현하려 하지 말고 실현 불가능한 것으로 수용해야 할 것이다. 사르트르와 보부아르는 가끔 목격하는 이런 결함을 가상으로 보았다. 엄격하게 말해 이는 실현 불가능한 것을 실현된 것으로 보는 일종의 '자기기만mauvaise foi'이다. 그럼에도 이 '실현 불가능한 것'을 상상하지 못하는 무지는 일종의 순수함이다. 사르트르는 그가 병영 생활 중 받은 10일간의 휴가를 예로 들어 설명한다. 그는 휴가를 기다리며 그 휴가를 '부여받은 권리'가 아니고 하나의 '아름다움beauté'으로 생각한다. 병영의 시간과는 다른 '저곳'의 시간, 즉 '음악과 모험의 시간'이 기다리는 곳이라고 생각한다. 그렇지만 그 휴가를 채울 '정밀한précieuse' 것, 다시 말해 그에게 소중한 보부아르, 파리, 방다Wanda(당시의 여자친구), 그리고 즐거운 시간 등등이 예전에는 일상적인 것들이었다는 점에 화가 난다. 이와 같이 그는 휴가라는 시간이 "사람이 책에서만 찾을 수 있는 어떤 성질qualité을 가질 것"을 원했다. 이와 더불어 생각한다. 결국 이 휴가라는 대상은 "내가 공허하게 겨냥할 수밖에 없었다. 그 대상을 잡기 직전이라고 믿었을 때 그 대상은 나를 벗어났다. 그래서 그 휴가라는 대상이 오로지 내 상상 속에서만 존재했다"고 결론짓는다. 그런데 예를 들어 이 휴가를 단지 '두 부재 사이의 한 현존'으로만 보았던 방다는 '겪은 사건'들을 그대로 '사건'으로 생각할 뿐이고 그 '실현 불가능한 것'이라는 '대상'이 없다. 따라서 어떤 대상을 다소 생생한 감정으로 상상한다는 단순한 사실로 무턱대고 '그 대상을 실현하다'라고 말할 수는 없다는 것이다. 그 실현은 대상의 존재가 우리 존재의 다소 근본적인 변모로서 작용하고 그 변모를 통해 이루어질 때라야 비로소 가능하다. 그러니까 모험을 가진다는 것도 모험을 하고 있다가 아니라 모험 속에 있다고 상상하는 것이다. 그런데 사르트르가 『구토』에서 보였듯이 모험을 가진다는 것이 불가능하다고 결론지으며 소설에서 내린 '모험은 없다'라는 단정을 '모험은 실현 불가능한 것'이라고 수정한다.

'실현 불가능한 것'은 항상 상상해 볼 수는 있어도 즐길 수는 없다. 바로 그 점이 '실현 불가능한 것'의 안타깝고 애매모호한 성격을 구성하는 것이다. 그것은 우리에게 실현 불가능한 미래의 모습으로 나타났다가 때늦게 실현 가능한 과거의 모습으로 나타난다. 그래서 우린 그 두 시간 사이에 그걸 실현하지 못한 것을 느끼며 실망한다. 그 휴가가 지나갔다. 휴가는 그 끝과 시작이 닿아 있을 정도로 촘촘히 응집된 형태로 사르트르의 등 뒤에 자리한다. 그리고 1940년 2월 2일 기억 속에서 그 휴가를 꿈꾸었을 때 그가 갖고 싶었던 그대로 '그' 휴가의 형태가 되고 있다. 그 휴가는 '실현 불가능한 것'이었다. 모험과 다르지 않다.

하지만 일반적으로 나이가 들어 감에 따라 모험과 이성

의 환상(진실 같음)은 안개처럼 거두어지고 어느 순간부터 실제의 모습(진실)을 목격하기에 이르면서 젊음의 집착은 로캉탱의 그것처럼 손가락 사이로 빠져나간다. 그리고 늙음의 실제, 또한 '진실'의 짐으로 받아들이게 된다.

4. 진실과 〈진실 같음〉

#15   경찰지구대에서 어느 거구의 남자가 하소연한다. 같이 들어온 다른 왜소한 남자에게 구타당하였다고. 조서를 작성하는 경찰관뿐 아니라 주위의 사람들은 그 말을 믿지 않는다. 하지만 왜소한 남자도 그 사실을 인정하자 사람들은 혼란에 빠진다. 믿을 수 없기 때문이다. 이처럼 진실규명은 비록 증인이 있다 해도 외로운 투쟁을 감수해야 한다. 보이지 않는 '진실 같음'이란 장막이 우리 주위에 드리워져 있기 때문이다.

요즈음 특히 그렇듯이 증명사진의 얼굴 표정과 생김새를 사진의 용도에 따라 다른 각도에서 찍거나 보정하는 것도 그렇다. 맨 얼굴과 보정 얼굴의 차이가 바로 '진실'과 '진실 같음'을 구별한 결과이다.

〈진실 같음〉의 의미는 프랑스 17세기 전반으로 거슬러 오른다. 사르트르가 프랑스에서만 정확히 300년이나 된 이 해묵은 개념을 왜 다시 소설에 들먹이는지 이해하려면 이 개념이 논란이 되었던 시대의 상황과 그 시대에 통용된 의미를 살펴볼 필요가 있다. 그 시대, 연극이 지켜야 할 규칙의 하나로 꼽혔던 '진실 같음'에 관한 논쟁이 있었다. 그건 코르네유의 연극을 두고 일어난 이른바 '르시드 논쟁'이다. 코르네유의 「르시드」가 1637년 초연되고 스퀴데리양이 이 작품의 '진실 같음'에 관한 문제를 지적하며 촉발된 논쟁이다. 우선 코르네유는 작품의 소재를 채택할 때 '진실' 그 자체를 중요시했고, 이론가들 대부분은 소재를 모두 '진실 같음'의 시각에서 다듬어야 한다고 생각했다. 하지만 코르네유는 유별나게도 예외적인 사건(즉 진실)에서 매력을 찾았다. 믿기 어렵지만 주로 역사적 검증이 분명한 사건들을 극에 다루며 그 담보를 역사라는 사실 자체에서 찾았다. 바로 그와 그의 증인들의 쟁점이다.

아베 도비냑에 의하면 그에 비해 '진실 같음'의 규칙이란 이성과 상식 그리고 예절 도의상 용인할 수 있는 한도 내에서 사건의 재현이 이루어져야 한다는 일종의 요청이다. 그러니까 '진실'이라고 해서 모두 재현할 수 있지 않을뿐더러 재현하는 '진실'은 '진실 같음'의 규칙에 따라 가다듬어져야 한다. 그리고 중요한 사실은 이 논쟁이 데카르트의 코기토를 둘러싼 논쟁과 같은 해에 일어났다는 점이다.

이 논쟁의 배경은 이렇다. 우선 아리스토텔레스에 따르면 "연대기는 개별을 이야기하고 시詩는 보편을 말하는" 것이다. 연대기(역사)가 행위 자체를 서술한다면, 시(즉 당시의 용법으로 시는 비극을 가리킨다. 더욱이 비극은 그리스 이래 가장 대표적 예술장르였다)는 "유형, 즉 사건의 필연적이거나 개연적인 관계들"을 재현한다. 즉 '개별'이 사실(역사적 진실)을 말한다면 '보편'이란 '(비극의) 진실 같음'을 말한다. 이탈리아 연극으로부터 이를 답습한 프랑스 17세기 비극은 비일상적 소재 위주의 역사극을 쓴 코르네유에서 그리스 비극을 17세기 프랑스의 덕목과 여론에 맞추어 각색한 라신으로 이어진다. 코르네유는 개별을 소재로 삼으며 삶의 우연성을 주제 깊숙한 곳에 상감象嵌하려 했고 라신은 그와는 대조적으로 시대와 연대하며 시대가 요구하는 보편타당성을 덕목으로 삼은 것이다.

라팽에 의하면 '진실'이란 그에게 여전히 결함을 포함한 '사물 자체의 모습'을 가진다. 왜냐하면 지상의 어떠한 사물도 그 관념의 완전함과는 달리 태어나기 때문이다. 따라서 '진실 같음'은 사물의 결함을 보완하는 식으로, 즉 그 자체의 모습보다는 그렇게 되어야 하는 모습으로 묘사해야 한다는 규칙이다. 사물에는 결국 부패하게 된다는 개별적 결함이 있다. 이 결함은 모범이 되지 못하고 차라리 모범은 '진실 같음'이라든가 사물의 일반원칙에서 찾아야 한다고 생각하게 된다. 예컨대 '지금 눈에 보이는 세상'이 '진실'이라면 '보다 바람직한 세상'에 대한 기대와 희망은 '진실 같음'이다.

이처럼 비극의 규칙이란 우리가 알고 있는 모방이라는 예술규칙에 준하는 게 아니다. 차라리 모방의 불가피한 결점에 대한 유일한 보완책이 〈진실 같음〉의 규칙이라고 할 수 있다. 스퀴데리는 「르시드」의 주제가 '진실'이긴 하지만

'진실 같지 않다'고, 브왈로는 '진실'도 때때로 '진실 같지 않다'고, 도비냑은 연극은 모든 것을 〈진실 같음〉의 상태로 회복시켜야 한다고 주장하는데 결국 샤플랭에 이르러 고전주의 비극의 목표는 '관념으로 수정된 실제'이고, 괴물 같은 '진실'은 사회의 선을 위해 제거해야 하고, 진실 같음은 비록 그것이 허위일지라도, 기이하여 못 믿을 진실보다는 존중되어야 한다고 정리된다.

이들은 이렇게 역사적 사실을 공통적으로 무시하는 태도로 일관하는데 이는 프랑스의 이론가들이 아리스토텔레스와 16세기 이탈리아 주석가들의 의견을 훌쩍 뛰어넘는 부분이라고 할 수 있다. 코르네유는 바로 이 입장에 외롭게 대응한다. "순전히 진실 같은 주제만으로 비극을 만들 수 없다는 건 아니다. 하지만 격하게 정념을 동요시키거나 혈통과 의무의 규율에 대해 불굴의 정념을 대립시키는 위대한 주제들이라면 언제든 진실 같음을 넘어서 갈 수 있어야 한다." 그리고 "작가의 몫이란 역사의 혼란을 수정하는 게 아니며, 아무리 역사가 진실 같지 않다고 하더라노 역사를 수용하는 것이며, 오히려 더 나아가 역사가 보증하는 '진실 같지 않음'이나 '예외적임'을 추구해야 한다"고 말한다. 왜 나하면 이를 통해야 비로소 위대한 주제가 펼쳐지는 예술이 될 수 있기 때문이다. 하지만 라팽은 코르네유의 변명이 그 혼자만의 생각이 아닐 수도 있다고 하면서 다른 작가들도 고백하지 않을 뿐 그의 입장과 크게 다르지 않을 수 있다고 말한다. 이에 따라 그는 모두를 종합하여 진실 같음이란 '대중의 여론에 부합하는 모든 것'이라고 규정한다.

하지만 사르트르는 이러한 코르네유를 그리스의 비극작가와 같은 반열에 올려놓는다.

#16　위대한 비극, 즉 아이스킬로스, 소포클레스, 코르네유 비극의 주요한 주제는 인간의 자유이다. 고대극에서 확인하는 운명은 결국 자유의 뒷면이다.

운명과의 대결에서 주인공이 꿈꾸는 자유를 코르네유의 작품에서 엿볼 수 있다는 것은 그가 자신의 운명을 '진실 같음'의 틀에서 완성하지 않기 때문일 것이다. 예측 가능한 권력의 결과보다는 자신의 실수에 의해 주인공의 파국이 초래할 때 비로소 위대함이 나오며, 따라서 사르트르는 극의 중심이 성격보다는 상황이 되어야 한다고 주장하는데, 이 상황이란 정해진 성격이 아닌 형성이 진행 중인 성격, 그리고 도덕과 삶 전체를 거는 선택과 결정의 순간을 보여 주는 하나의 요청으로서의 상황이어야 한다고 강조한다. 이러한 상황은 부르주아나 귀족, 그리고 그들의 '진실 같음'의 규제와는 거리가 멀다. 왜냐하면 죽음이 하나의 대안으로 제시되는 극한 상황을 말하기 때문이다. 그렇다면 『구토』가 정조준하는 이 〈진실 같음〉과 '격언'의 형성은 코르네유의 시대에 어떤 신분에 의해 주도되는가.

사르트르는 『문학이란 무엇인가?』(1946)에서 17세기에 '신사'와 부르주아가 사교계를 같이 출입하였다고 보는데, 이는 부르주아가 바로 새로이 출현한 작가 즉 시인이 소속된 부류라고 보는 것이다. "사교계가 바란 것은 그들의 진실한 모습을 그대로 보여 주는 게 아니라 오로지 스스로 자기들의 모습이라고 믿는 바만을 비춰 주는 것"이었다. 즉 사교계는 시인(비극작가)의 역할을 이렇게 규정하고 있다. 사르트르는 이같이 17세기의 사교계를 진짜 신사, 즉 궁정인, 성직자, 법관 등의 귀족들과 부유한 부르주아지, 그리고 이에 새로이 진입하려는 신사연하는 꼴사나운 부르주아들이 구성하고 있었고, 이른바 '취향'이라는 일종의 검열 기능을 공유하던 집단으로 보고 있다. 이로부터 프랑스식 '진실 같음'의 개념의 등장과 이 개념의 주동자로 그가 지목하는 부르주아 계급의 등장을 같은 시기에 이루어진 것으로 보고 있음을 알 수 있다. 이같이 당시에는 아직 하나의 뚜렷한 계급으로 자리하고 있었다고 보기는 힘들다고 생각되지만, 프랑스의 귀족과 왕족은 5세기 프랑크족의 갈리아 점령 이래 그들의 권력과 협약의 유지를 위해 이 부르주아 작가들 중에서 몇 명을 선발하고 그들 계급을 대변하는 상징적 단체인 한림원에 편입시켰다는 것이다.

『구토』에서는 17세기를 거의 거론하지 않는다. 코르네유에 대한 언급도 없고 '진실 같음'이라는 연극적 규칙과 직접적 관련이 없어 보인다. 그러니까 저 멀리 코르네유를 둘러싼 17세기의 논쟁을 시작으로 문학과 예술에 자리잡은 지배계급의 이데올로기의 측면에서 접근해야 할 것이다. 1870년부터 1차 대전까지 프랑스의 명실상부한 지배계급의 대표적인 가치관으로 지목한 것이다. 사르트르는 스스로 이 소설의 중요한 주제 중 하나가 이 '진실 같음'에 대한 공격이라고 밝힌 적 있다. "부르주아는 실제나 진실에 직접 관심을 갖기보다는 그가 '가능함'이라 여기는 것의 베일을 통해서 실제와 진실을 보기 때문이다." 그러니까 로캉탱은 '외톨이 인간'들의 대표로서 자신의 유별난 '비일상적 모험'을 통하여 자신도 속해 있는 부르주아지의 문학과 예술을 통한 기만, 그리고 그들의 존재이유, 그리고 이 모든 성찰의 귀결로서 자신의 존재(실존, 현존)의 참모습을 드러내야 하기 때문이다. 그 베일은 말하자면 그들의 '이데올로기'로서 "실제세계 자체를 '직접의식'에 따라 파악하는 태도에 반대하는" 입장이다. 즉 "사실 그대로의 '진실'을 파악하는 외톨이의 특권"을 묵살하는 것이다.

하지만 사르트르가 『구토』의 집필을 위해 작성한, 일명 「뒤피수첩」의 '우연성' 항목에서 지적하듯이 "현존이 가능함의 존재양태이지 '가능함' 자체가 존재양태는 아니다." 그리고 "존재양태는 오로지 현존과 존재뿐"이다. 또한 '가능함'이란 그 한계를 모르는 일반인보다는 차라리 과학자의 세계이기 때문에 일반인의 접근이 실제로 허용되지도 않는 '심리적 카테고리'일 뿐이다. 그래서 가능함이란 "실제에 대한 생각의 독립"이라는 특징을 가질 뿐이다. 또한 "필연에 대한 생각 자체가 아니라 그에 이르는 예비적 생각"이다. 왜냐하면 "필연에는 선택과 삭제가 있지만 우연에는 없기 때문"이다. 그래서 우연성의 실제에 선택과 삭제를 주입하여 바라보는 부르주아적 사고의 범주가 바로 '진실 같음'이고, 인간과 자연의 역사에서 새로운 계급으로 부상한 이들이 자연을 바라보는 주된 이념이 되었다고 볼 수 있다. 이처럼 '진실'은 언제나 극복해야 할 대상, 인정하기 힘든 사실로 제시되고 그에 비해서 〈진실 같음〉은 시대가 거듭할수록 더욱 인간의 가치, 한 중심에서 인간의 일상을 제도하고 있다는 생각을 하게 된다. 그렇다면 작가수첩에 이상과 같이 요약되어 있는 반부르주아적 구상이, 전통적 의미로 부르주아의 전유물로 알려진 소설에서 그 독자를 상대로 어떻게 형상화되는지 살펴보기로 한다.

　로캉탱은 카페에서 항상 혼자 있다(20-25). 주위 사람들의 즐겁고 '합리적인' 목소리 가운데 있다. 그리고 옆의 젊은이들이 나누는 대화는 간결하고 '진실 같은' 이야기이다. 그러니까 로캉탱의 생각에 '합리적'과 '진실 같은'은 대칭적이다. 두 용언用言은 모두 인간의 이성에 대한 믿음에서 비롯한다. 17세기의 유산이다. 그들은 그렇게 서로 자기 생각을 말하고 '서로 같은 생각'을 가지고 있음에 행복해 하며, 그들이 같은 것에 대해 모두 같은 생각을 하고 있다는 확인에 얼마나 집착하는지 모른다. 그 예로 그들 사이로 우연히 물고기 눈 같은 눈을 가진 사람이 한 명 지나갈 때 그들이 어떤 표정을 짓는지 보기만 해도 충분하다. 이 물고기 눈을 가진 사람은 다른 사람들을 설득하거나 교화할 수 없다. 그들과 같지 않기 때문이다. 그들의 눈길을 끌려면 그들과 같은 차림에 같은 눈빛을 가져야 가능하다.

　로캉탱은 어느 날 카페에서 아쉴을 묘사한다(122-135). 마주치는 사람들 중에서 유일하게 그와 같은 '외톨이 인간'이라고 생각한다. 아마도 두 사람은 같은 출신일 것이다. 그는 아쉴을 자기처럼 여행 기념품과 같은 추억을 간직할 가정이 없는 일종의 '표류물'이라고 표현하는데, 하지만 아쉴은 로제라는 의사가 카페에 들어오는 순간 그의 당당한 자세에 비굴하게 순종하기 시작한다. 그러자 로캉탱은 그런 아쉴을 부끄러워하고 서운해 한다. 그리고 너무 쉽게 '공통된 개념'으로 인도된 경우라고 생각한다. 이에 관련하여 그는 의사, 신부, 법관, 장교와 같은, 즉 부르주아나 성직자란 '경험의 전문가'이며, 옛 것을 가지고 새 것을 설명하고, 예컨대 레닌을 러시아의 로베스피에르라고 한다든가 로베스피에르를 프랑스의 크롬웰이라고 말하듯이, 현재를 과거로 이해한다고 비난한다. 그리고 다른 사람들도 그렇듯이 이들의 경험에 아쉴 또한 쉽게 넘어간 것뿐이며, 이와 같이 로캉탱도 자신의 개념보다는 전문가의 경험과 같은 '공통된 개념'에 대한 믿음에 오히려 마음이 편안해지는 유혹을 받는다고 고백한다. 그렇게 나이가 들면서 그들의 사소한 '집착'과 '격언'은 경험이 되고, 그들은 휴대용 격언집을 지혜라고 부른다. 이들 이외에도 사무원, 상인들 같은 애호가(아마추어)들도 경험을 믿으며 이들 뒤를 따른다. 이처럼 "(개별이나 사실 자체보다는 그에 대한) 보편적인 관념이 더 (합리적이라고) 유혹을 하는 법이고, 그래서 (경험의) 전문가뿐 아니라 애호가들도 항상 결국에는 합리적으로 생각하게 되는 법이라"고 생각한다. 그래서 전문가이건 애호가이건 그들이 가장 좋아하는 이야기란 경솔한 자와 튀는 자는 결국 벌을 받는다는 이야기인 것이고, 아무도 이에 대해 반대의견을 내지 않는다는 것이다.

그만큼 '진실 같음'의 유혹이 17세기나 20세기에 여전한 이유는 필경 인간 자체에 기인하는 듯하다. 아쉴이 젊은 날 아버지와 누나의 충고를 따르지 않은 것을 후회하고 있고, 그에 비해 로제 의사는 자신이 지난 삶을 유용하게 할 줄 알았기 때문에 '말할 권리'가 있다고 생각한다면, 아쉴의 삶은 로제 의사의 삶과 어떤 차이를 가지는가? 주위의 충고를 따르지 않고 제멋대로 살아온 자와 경험과 여론에 따르며 정돈되고 성공적인 삶을 이루어 온 자의 비교라고 한다면, 삶을 유용성의 측면에서 바라보았다는 로제 의사에 대한 묘사가 어느 날 박물관에서 항만 건설에 기여한 부빌의 대표적인 부르주아, 파콤의 초상화를 보며 로캉탱이 사로잡힌 긴 상념과 일부 중첩된다. 그 이유는 바로 파콤이 아마도 저녁 시간에는 호라티우스의 『송가頌歌』와 몽테뉴를 읽고 또 읽었을 것이라는 그의 묘사 때문이다. 그리고 한동안 그를 사로잡았던 올리비에 블레비뉴의 초상화에 대한 의구심과 그로부터 시작된 부르주아 전반에 대한 미망을 단숨에 떨쳐 버리고 박물관을 떠나는데, 이때 로캉탱은 부르주아 특유의 의심치 않는 존재이유, 삶을 사는 지혜, 가족에 대한 애착, 그리고 세대 간의 대물림 의지를 야유한다.

사르트르는 「뒤퓌수첩」에서 이와 같은 의미로 '경험'을 일종의 '체념'이라고 정의한다. 여행에서 얻은 앎이라는 게 실은 그 여행지 원주민들에 대한 '일반적 관념'에 불과하다는 의미에서 '경험'도 개별적이지 않은 보편적인 관념으로의 체념이기 때문이고, 정작 여행을 많이 했다고 하는 사르트르 자신도, 예컨대 서재 밖으로 한 번도 나가 본 적이 없는 어느 철학자보다 인간에 대해서 더 많이 알지 못할 수 있다고 신중함을 표현한다.

5. 〈진실 같음〉과 예술

작가는 적어도 프랑스에서 17세기 이래 예술이 도덕에 의해 종속되기 시작했다고 보고 있다. 시(운문 희곡, 즉 비극과 문학)의 행위를 규제한 것은 당시의 맥락에서 볼 때 '진실 같음'이었고, '진실 같음'은 바로 예술의 주요 미학이 되었다. 더 나아가 장 샤플랭1595~1674은 '보는 즐거움'과 그 '즐거움의 효과'라는 측면에서 『시학』 4장의 카타르시스를 통해 의도하는 간소한 교육효과에 만족하지 않는다. 그래서 그는 호라티우스B.C.65~B.C.8가 자신의 시학이라고 할 수 있는 『피소 삼부자에게 보내는 서간문』에서 언급한 '효용성'의 개념을 1623년 프랑스에 처음 도입하였다. 결국 이 개념은 17세기를 대표하는 작시법 혹은 연극이론으로 정착하였고, 브왈로는 이를 후일 자신의 『연극론』(1674)에서 다시 인용하며 정리하게 된다. 다시 말해 시의 참된 목적은 마치 쓴 약을 꿀에 감춘 당의정糖衣錠처럼 일단 독자의 감동을 유도한 다음 유익한 교훈을 주는 것이라는 호라티우스의 주장, 즉 '유인한 다음 교육하기'를 그들의 정론으로 삼았고, 따라서 예술의 목적이 대중의 교화라고 생각했다. 이를 위해서는 우선 대중을 감동시키거나 적어도 친화력 정도는 있어야 했다.(24, 여기에서 우리는 로캉탱이 예로 든 물고기의 눈을 가진 사람을 생각해 볼 수 있다.) 이를 승계하여 결국 〈진실 같음〉의 개념이 역사적 '진실'을 제압하고 그 시대를 지배하게 되었던 것인데, 몇 세기를 뛰어넘어 20세기, 그것도 연극이 아닌 소설에서 사르트르가 이를 다시 거론하는 모습에 우선 의아한 느낌을 갖지 않을 수 없다.

이는 로캉탱이 도서관에서 어느 잡지철을 뒤적이다가 급히 박물관으로 달려오고서부터 생긴 일이다. '구토' 증상의 원인은 물론, 파리해진 '진실'의 흔적 일반을 힘들게 들출 뿐이고 본격적 단서를 잡지 못하였듯이, 평소 박물관에서 그냥 지나치기만 하던 블레비뉴라는 어느 부르주아의 초상화가 있다. 그런데 그 그림에서 슬쩍 포착한 어색한 기립자세가 문제 되기 시작한 것이다. 다시 말해 '진실 같음'의 베일에 가려졌던 '진실'이 살짝 고개를 들어 올린 것이다. 실인즉 어느 토요일 오후 오래된 어느 잡지철에서 블레비뉴의 키가 153cm의 단신이었다는 가십 기사를 읽었는데 문득 초상화 속 블레비뉴의 기립자세가 불균형적으로 보인 점이 이 사실과 관련 있으리라 생각하여 단숨에 달려온 것이다(175).

이미 로캉탱의 일상에서 '진실'과 '진실 같음'의 경계와 균형이 허물어진 시점이기는 하지만 역사학자라는 그의 직업은 감출 수 없다. 이 순간 우리는 이 소설이 문제점의 단서를 조각조각 나누어 군데군데 설치하고 나중에 퍼즐처럼 짜 맞추게 하는 탐정소설의 기법을 차용한 점을 확인하고 놀란다. 사실인즉 블레비뉴는 자신의 영웅적 생애에 비해 초라한 자신의 신체 그대로를 초상화에 담고 싶지 않았고, 또한 이에 영합해 작은 키를 왜곡하면서 불가피하게 구도상의 불균형을 남긴, 화가의 기만적인 초상화 기술을 들추어 냈다는 내용이다. 한마디로 예술이 괴상하고 혐오스런 '진실'을 '진실 같음'으로 왜곡하여 보여 준 것이다. 이는 17세기의 경우처럼 예술이 도덕에 협력한 예로 볼 수 있는데, 그렇다면 왜 이렇게 지루할 정도로 긴 박물관 보고서를 그것도 소설 한 가운데 설정했는지, 이제는 그 의도를 가늠해볼 수 있다. 그리고 로캉탱은 이와 관련하여 예술의 감상과 공감의 문제를 꺼내면서 또다시 부르주아에게 야유와 냉소의 반응을 보인다.

#17   저런, 예술에서 위안을 건지려는 바보들이 있다니.

나의 숙모 비주아도 그랬지. "쇼팽의 〈전주곡〉은 불쌍한 네 숙부가 돌아가셨을 때 내게 많은 도움을 주었어." 그리고 연주회장에는 굴욕을 받은 사람, 자존심을 다친 사람들이 눈을 감고 그들의 창백한 얼굴을 수신 안테나로 바꾸려 한다. 그들이 들은 음들이 그들 안에 흘러 들어와 부드럽게 마음의 양식이 되어, 그들의 고통도, 젊은 베르테르의 슬픔처럼, 음악이 된다고 상상한다. 미가 그들을 동정한다고 믿는 것이다. 얼간이들이라니(322, '거지같은 자들 같으니').

로캉탱이 박물관 그림에서 예로 드는 죽은 사람들뿐 아니라, 연주회 객석에서 눈감고 고전적 선율로 상처를 치유하고 가슴을 채우려는 살아 있는 사람들은 모두 예술에서 그들이 공유하는 가치를 확인하려 한다. 이러한 의미에서 이른바 '얼간이들'(322)과 '더러운 놈들'(178)은 같은 부르주아, 즉 동격이다.

그들과는 다르게 로캉탱과 같은 '외톨이 인간'에게는 나름대로 자신의 특권이라고 생각하는 순간이 있다. 낯설지만 생생한 장면과 순간들이 주는 '무해한 감동'이라는 느낌이 그것인데, 부르주아들에게는 이런 순간이 오히려 두렵거나 난감할 것이다. 바로 로캉탱이 카페에서 본 장면인데, 흑인 청년과 뒤로 걷던 백인 여자가 공사장 간이 담장의 길모퉁이에서 부딪쳤는데, 그가 여러 명의 무리에 속했다면 이 장면에 같이 웃었을 테지만 그같이 혼자 있는 '외톨이'에게는 반대로 어떤 것과도 무관한 감동을 얻을 수 있는 장면이다. 이런 종류의 감동은 고전적 예술의 비전이자 어떤 의미에서는 '족쇄'라고도 할 수 있는 '진실 같음'이나 '확실함'을 통해 얻을 수 있는 '추상적 감동'과는 차원이 다른, 말하자면 '외톨이 인간'이 날 것 자체로서 삶의 순간성과 우연성을 경험하면서 얻을 수 있는 구체적인 감동이다.

실인즉 그는 여태 이야기의 정체를 몰랐기 때문에 '살기'에서 '이야기하기'를 분리해 내지 못했다. 마치 눈뜬장님처럼 그 혼돈 속에서 모험에 대한 환상을 일상의 삶에서 지켜온 것이다. 그런데 뜻하지 않은 독학자의 매개로 비로소 진실을 깨닫게 되었다. 즉 모든 이야기의 첫 줄에는 이미 아무도 의식하지 못하는 그 사건의 결말이 도사린 채 다음 문장들을 제도하고 암시하고 있다는 점에서 결국 '진짜 이야기'란 세상에 있을 수 없으며, 시작과 끝이라는 건 '살기'에는 없는 것이고 오로지 이야기에나 있는 것이고, 그래서 같은 사건이 삶과 이야기에 동시에 위치한다고 가정할 때도 그 발생형식에는 근본적으로 우연과 필연이라는 각기 다른 속성이 있는 것이다. 그래서 로캉탱은 결국 모험이라는 짜릿한 순간에 대한 환상을 삶에서 지우게 된다. 이 발견은 동시에 그로 하여금 그의 일상에서 '진실 같음'의 그늘을 분리해 낼 수 있게 하는 첫 번째 성과를 이루는데, 그는 이를 발판으로, 우리가 앞서 보았듯이, 또 다른 부르주아의 장르인 초상화에서 '진실 같음'의 단서를 추적할 수 있게 된 것이다. 한편, 발자크1799~1850의 『으제니 그랑데』(1833)의 초반, 모녀간의 대화는 그런 이유로 『구토』에 인용된 것이다. 주인공, 으제니가 앞으로 겪을 불행의 윤곽을 그려 내는 단서와 예고로 충만하다.

#18   으제니는 엄마 손에 입술을 대며 말한다 :
  ― 우리 엄만 참 착해! 이 말에 오랜 고통으로 지친 엄마의 안색이 밝아진다.

― 그 사람 좋아 보이지 않아, 엄마? 이에 그랑데 부인은 미
    소만 지을 뿐, 잠시 말을 멈추더니 낮게 말한다.

― 그러니까 그를 사랑한다고? 그건 안 돼. 으제니가 말을 받
    는다. 안 된다니, 왜? 엄마 맘에 들고, 나농 맘에도 들고,
    그런데 왜 내 맘에 안 들겠어? 자 엄마, 우리 같이 그의 점
    심을 차려요(93-94).

  하지만 '살기'에는 그런 예고가 없다. 예컨대 로캉탱은
소설의 문장 하나하나가 가지는 연결과 예고의 힘이 자신
의 '살기'의 시간까지도 조명하는 그러한 계시가 되기를 희
망한 것이었다. 이러한 이야기 속 순간순간의 연결과 예고
에 대한 착각과 환상이 바로 17세기 이래 '진실 같음'이라
는 부르주아의 이미지를 빌려 사르트르가 소개하는 부분
이다. 아니는 삶을 연극과 같은 '완벽한 순간'의 연속으로
이루려 했으나 결국 그들 모두는 모험이나 완벽한 순간이
나 예술과는 상관없이, 일상의 흐름을 그대로 수용하는 연
명의 삶을 이어가게 된다. 이와 관련하여 사르트르는 『전
쟁수첩』에서 그보다 겨우 일 년 전에 출간된 이 소설의 중

요한 단정, 즉 '모험은 없다'(279)를 '모험은 실현할 수 없는 것'으로 수정 제의하면서 이 기회에 예술을 모험에 연관시켜 정의한다.

#19 　모험이란 가장 예외적인 상황 한가운데서 항상 모험가를 피해 달아나지만 그래도 인간 행위의 본질적인 카테고리이다. 모험은 또한 그 모험을 소재로 만들어진 이야기를 통해 오로지 과거형 시제로만 출현하는 속성을 가진 존재자이다. 이 '실현할 수 없는 것'의 특징은 내가 그것을 끝까지 그리고 자세하게 생각할 수 있고 또한 어휘를 통해 다른 사람으로 하여금 그것을 실현하게 할 수 있다는 점이다. 그것은 예술 형태일 것이고 그렇다면 예술이란 우리의 '실현 불가능한 것'을 다른 사람으로 하여금 상상적으로 실현하게 하는 수단일 것이다. 그러나 진정성을 따른다면 우리는 그것을 부정하거나 헛되이 실현하려 하기보다는 실현 불가능한 것으로 수용해야 할 것이다. 가끔 타인에게서 보게 되는 이런 결함을 보부아르와 나는 가상假象이라고 생각했는데, 이는 기본적으로 실현 불가능한 것을 우리 스스로 실현된 것이라

고 믿도록 하는 일종의 자기기만으로 이루어진다.

하지만 데카르트의 코기토에 삼켜진 파스칼식의 직관, 또는 '진실 같음'에 자리를 내준 '역사적 진실'에 관한 코르네유식의 유감은 우회적으로 소개된다. 로캉탱이 카페 유리창을 통해 보게 된 어느 남녀의 우연한 충돌장면뿐 아니라(21-22), 앞에 인용한 으제니라는 소설 주인공의 대화와, 이와 뒤섞여 소개되는, 40대 부부가 로캉탱 옆 테이블에서 나누는 일상의 대화가 어떠한 차이점을 포함하는지 살펴봐야 한다.

#20

— 근데 말이야, 당신 봤어?

— 뭘 말이야?

— 쉬잔 말이야, 어제.

— 아, 그래, 빅토르 보러 갔었잖아.

— 당신에게 내가 뭐라고 말했지?

— (접시를 물리며) 맛없어.

— 며칠 전 내가 당신에게 말했었잖아.

— 내게 뭐라고 했다고?

— 쉬잔이 빅토르를 보러 갈 거라고. 왜 그래? 좋아하지 않아?

— 맛이 없어.

— 그 맛이 더 이상 아냐. 에카르가 있을 때 그 맛이 아니야.

　지금 어디 있는지 알아? 에카르 말이야(94-95).

우선 일상의 대화 #20가 소설의 대화 부분 #18과 뒤섞여 소개된 이유부터 생각해 보면 사르트르가 의도하는 바를 짐작할 수 있다. 어머니와 유모 나농의 걱정에도 금세 멋진 도시 청년 샤를에게 이끌린 으제니가 앞으로 어떠한 불행한 운명을 마주하는지 예감할 수 있게 한다. 부르주아 독자를 상대로 한 발자크의 소설이기 때문이다. 그에 비해 #20의 일상대화는 독자가 따로 있는 게 아니라 옆 테이블의 로캉탱이 하는 수 없이 듣게 된 가십거리 수다이다. 즉 소설에는 있는 시작과 발단, 전개와 결말이 없는 구조이다. 소설의 행위(플롯)는 독자의 긴장을 성공적으로 유지하여 감동의 단계에 이르게 해야 한다면 수다는 감동을 목적으로 하지 않은 사건들의 나열이기 때문에 처음부터 감동을 위한 대화 상대자의 긴장을 유도하지 않는다. 남편의 가벼운 가십거리 언급에 아내가 쉽게 이끌리지 않고 계속 음식타령을 하는 이유가 그렇다. 아무리 19세기 소설이 아니라 해도 #20의 일상대화를 소설에 인용하긴 힘들다. 독자의 기대를 무시하고 기존 소설에서 즐기던 특별한 순간이나 유기적 관계를 일상의 시간과 '말이 되지 않는' 비논리의 관계로 격하시키기 때문이다. 그것은 #18에서 보이는 미래에 대한 예고의 필연성과 #20의 단순한 나열의 차이이다.

6. 〈진실 같음〉과 휴머니즘

이 소설에서 독학자만큼 흥미로운 인물도 없다. 우선 독서는 그를 격언의 수호자가 되게 한다. 하지만 로캉탱은 그의 우스꽝스런 독서법을 쉽게 알아챈다. 알파벳 순서대로 지식을 마구잡이로 습득하는 중인 것이다. 그래서 만날 때마다 그가 대화에 도입하는 격언에 냉소적이다. 그럼에도 독학자가 표현하는 일련의 관심과 주제는 로캉탱 자신이 부정하게 되는 자신의 과거 모습을 반추하게 하는, 즉 로캉탱의 '과거형 분신'이 아닐까 토를 달고 싶어진다. 그리고 물론 우연의 일치겠지만 소설 출간 2년 후 작가 자신의 실제 참전 상황, 포로수용소의 공동체 생활, 그리고 인간에 대한 인식 변화 등의 체험(제2차 대전)은 그의 역겨운 상대, 독학자의 경험들(제1차 대전)과 흡사하다.

   로캉탱은 "파스칼처럼 습관이란 제2의 천성이라고 말할 수 있을까요?"라는 독학자의 질문에 "경우에 따라 다르다"고 대답한다. 독학자가 리녹스 로빈슨이라는 미국작가가 1933년 출간한 『삶이란 살 가치가 있는가?』라는 책의 결론을 인용하며 의견을 묻자 마찬가지로 "전혀"라고 간단히 말을 자른다. 인간이 만일 의미를 찾으려 한다면 삶에는 의미가 있다는 입장에 대한 반응이다. 그러니 우선 행동을 하고 시도를 하고 그 다음에 생각해 봐서 자신의 운명이 그 선택에 던져진 상태라면 그게 바로 독학자가 말하는 '참여'라는 것이다. 이미 '진실'을 향한 비일상적 모험 한가운데에 접어든 로캉탱이 이러한 인간 위주의 '진실 같음'의 해석에 동의할 수 없음은 자명하다. 하지만 독학자는 눈빛으로 공모를

구한다. 자신은 이 삶의 '의미'라는 결론보다 오히려 한걸음 더 나아가 삶에 '목적'이 있음을 믿는다고 로캉탱을 한술 떠 본다(210). 자신의 결론은 삶의 목적이 다름 아닌 '인간'이라 는 것이다.

물론 사르트르의 참여문학론은 이도 저도 아니다. 참여 문학이 그 의미나 목적의 규정 작업을 떠나서 현존과 상황 을 작가의 삶과 예술의 중심에 놓으려는 선택이라고 한다 면 독학자의 현실 참여라는 목적론과는 궤도 자체가 아예 다르다고 하겠다. 의미와 목적이라는 유용성의 개념으로 삶과 현존의 진실에 가닿을 수는 없기 때문이다. 그렇지만 사르트르는 이후 한 번도 독학자라는 자신의 주인공에 대 해 언급한 적이 없다. 그리고 이념과 표현에 경도된 독학자 의 삶은 로캉탱의 비웃음을 산다. 하지만 작가 사르트르가 포로생활 당시 겪은 체험이 이미 자신이 만들어낸 다면적 多面的인 주인공, 즉 독학자의 이력과 유사한 궤적을 이루는 기이한 현상은 어떻게 해석할 수 있을까? 독학자는 로캉탱 에게 고백한다.

<u>#21</u>　　전쟁(제1차 대전)이 일어났고 저도 참여했죠. 하지만 그 이유를 몰랐어요. 2년을 체류하였는데도 이해하지 못했습니다. 전선의 일과는 생각할 시간을 거의 주지 않았고 군인들도 너무 거칠었기 때문입니다. 1917년 말 저는 포로가 되었고, 사람들은 말하더군요. 많은 병사들이 포로생활 중에 어릴 적 신앙을 되찾았다고 말입니다. 저는 신을 믿지 않습니다. 신의 존재는 과학에 의해 부정되었지 않습니까. 수용소에서 그 대신 저는 인간을 믿는 법을 배웠습니다(213).

사르트르도 1946년 뉴욕 청중에게 프랑스 현대 연극에 대해 강연을 하며 자신의 첫 참여의 체험을 다음과 같이 소개한다.

<u>#22</u>　　저의 첫 번째 연극 체험은 각별한 행운이었죠. 1940년 독일에서 포로로 있었을 때, 저는 성탄절을 맞아 제 동료들을 위해 예수 탄생에 관한 희곡을 쓰고 연출하고 연기까지 했습니다. 물론 평론가들은 이 연극이 애호가들의 작업이고 특별한 상황의 결과물이라고 말하겠지만 그 기회에 저는 조

명 불빛 너머로 동료들에게 그들의 포로 신분에 관한 얘기를 건넸죠. 그때 갑자기 놀라우리만큼 조용하고 주의 깊은 그들을 보았고, 저는 깨달았습니다. 연극이 지향해야 할 것은 집단적이고 종교적인 대규모의 현상이라는 사실을 말이죠.

물론 독학자의 휴머니즘은 사르트르의 연극 체험과는 다르다고 할 수 있다. '거친 군인들'과의 진정한 만남을 피한 채 과학에 의해 부정된 신의 대리 존재로서 인간이라는 관념을 믿게 된 독학자와, 동료들을 상대로 동료들과 함께 연극이라는 현장 체험을 나눈 사르트르는 같다고 할 수 없다. 하지만 각자의 표현에 따르면 독학자와 사르트르는 모두 똑같이 전쟁 체험을 통하여 하나의 전환기를 맞는다. 동일한 발화자의 동일한 담화 구조뿐 아니라 일단 전쟁이 한 개인의 관점을 수정한다는 동일한 과정의 겹침과 재현, 혹은 독학자를 통해 만들어낸 가공의 담론이 작가 본인의 삶에서 실현된 우연의 일치가 우선 놀랍다. 그 다음으로 독학자를 통해 내뱉은 '우선 행동'이라는 '참여'의 정의가 어떤 족쇄가 되어 향후 사르트르의 참여에 대한 자세를 더욱 신중하게 하였을 수 있다. 사회당에 가입한 독학자의 선택은 당연히 사르트르의 것이 아니었으며, 작가로서의 현실 참여의 범위는 파리 해방까지 제한적이었기 때문에 다소 비정치적인 성향의 희곡이나 소설과 같은 문학 장르를 고수할 수 있었으나 해방 이후는 부르주아지와 직접 만날 수 있는 보다 나은 장르로 사르트르가 소설보다 연극, 그리고 철학보다는 정치평론을 선호하지 않았을까 추측해 본다. 하지만 그 자신이 말하듯이 "참여문학을 한다는 건 현재 사회에 국한되어, 20년 후면 더 이상 의미가 없어질 문제들에 전념한다는 것"이기 때문에 문학에 관한 그의 생애의 관심은 크게 둘로 나뉘어 있다. 참여문학의 기치에도 '비참여문학'에 대한 애착을 지울 수는 없었다.

7. 사랑과 비참여문학

인간은 서로 두려워하기도 한다. 이는 갈등 관계이다. 그러나 사랑이 있다. 사랑에서 해결책이 보인다. 나는 타인의 대상이고 싶다. 그가 날 사랑하기 바란다. 하지만 마찬가지로 타인도 내가 그를 사랑하고 나의 대상으로 만들기를 원한다. 달리 말해 내가 주체로서의 특권을 버리기로 작정할 때 오히려 타인은 내가 주체이며 그의 주체이길 희망한다. 이는 분명 균형을 이룬다. 그러나 이 얼마나 불안정한 균형인가. 왜? 사랑받는 이의 전적인 굴종이 사랑하는 이의 사랑을 죽이기 때문이다. 사랑 고백과 동시에 사랑받는 이가 주체성과 자유를 포기하기 때문이다. 그래서 사랑하는 이는 사랑받는 이의 전적인 굴복을 원하지 않는다. 그는 넘칠 정도의, 그런 정열의 대상이 되고 싶지도 않다. 따라서 그가 원하는 것은 사랑과 자유 사이의 불안정한 균형이다. 그는 자유가 스스로 사랑이 되기로 결정하길 원하고, 모험의 시작만이 아니라 모든 순간 그러하기를 원한다.

사르트르는 이와 같이 사랑받는 이가 표현하는 자유, 즉 사랑의 자율성이 사랑하는 이에게는 매우 소중하다고 말한다. 그런데 이 자유는 존중할 대상이기 이전에 침해하고 범할 대상이기 때문에 소중하고, 따라서 사랑 고백이 매력적인 점은 바로 그 고백을 이끄는 '마술 걸린 자유' 때문이다. 하지만 유혹된 여자는 자유로운가 아니면 그렇지 않은가.

이와 같이 그에게 사랑이란 한마디로 '진정眞正하지 않은' 사랑이다. 이 비진정성이란 타자가 그의 무한한 자유 속에서 나름대로 재현한 나의 이미지를 가진다고 생각하며, 대타 관계의 실존적 통일성을 스스로 차단하는 성향이다. 사랑받고 싶은 욕망도 '타자의 절대적 자유에 도달하려는 시도'로서, 사르트르는 이를 사디즘의 뿌리 감정으로 보고 있다. 그 반면 이 사랑이 사실성事實性, facticité(여태의 논의대로 표현하자면 '진실'은 우리의 기대에 부응하지도 않을뿐더러 언감생심 합리적이지도 않은 사실 그 자체이다. 예컨대 전혀 '구성 없이' 생긴 내 이목구비가 나의 사실성을 구성한다)이라는 인간의 부조리한 비합리성(우리의 욕망, '진실 같음'과는 전혀 상관없는 '진실' 자체의 성질)을 제거해 줄 근거를 찾는 노력이라면, 우리를 사랑하는 이가, 또한 우리도 그를 사랑한다면, 그의 사랑으로 우리의 약점일 수 있는 사실성을 거두어 준다는 약정을 해 주고, 따라서 우리 존재 또한 정당화해 주지 않는가.

사르트르의 '모험'은 아니의 실제 모델로 알려진 시몬 졸리베와의 열정적인 첫사랑1926~1928에서 시작한다. 그 후 6년간에 걸친 보부아르와의 애인 관계1930~1936, 그리고 같이 '가족'을 구성하던 올가와의 이별과 그에 따른 절망1937, 곧 이은 (올가의 동생) 방다와의 만남1938, 유태인 학생 비앙카에 대한 미안함1937~1940, 보부아르의 가장 힘든 경쟁자였던 돌로레스 바네티와의 일시 도피1945~1950, 급기야 양녀로 지위가 바뀐 아를렛 엘카임1957~1964의 등장, 러시아 방문 때 수차례 통역사였던 레나 조니나의 유혹1962~1966 등등의 사건들로 채워진다. 그리고 이 모험들을 가로지르는, 결코 생기지 않은 누이동생에 대한 끝없는 갈망, 예술 미학에 비유된 사랑관, 그리고 마침내 자서전에 이르러서야 고백하는 그동안의 과오에 대한 회한으로 점차 그의 '모험'의 성격이 정리된다.

우선 아니가 보여 주는 사랑관을 살펴본다. 그녀는 소설 중반에서야 비로소 모습을 드러내고 짧은 재회 장면만을 허락한다. 하지만 이전부터 로캉탱의 회상으로 신비화된 그녀의 이미지는 재회의 순간 단숨에 퇴락한 모습으로 대체된다. 두 사람은 비로소 비교된다. 눈앞에 있는 아니는 그때의 절박함을 잊었다. 시간에 주술을 걸고 동시에 정화적淨化的인 집착을 보이던 그때의 아니가 아니다. 그럼에도 로캉탱은 아니가 떠나면 다시 찾게 될 고독에 대한 두려움, 또한 그녀에 대한 서운함과 연민을 저울질한다. 사랑이 존재를 정당화해 줄지 모른다는 환상에서 벗어났다 하더라도 로캉탱은 그때의 아니가 그립다.

#23 ① 아니는 시간을 최대한으로 이용했었다(111). 아니는 늘 '완벽한 순간'을 실현시키고 싶어 했다. 만약 그 순간이 완벽하지 않으면 그녀의 눈에서는 생기가 사라지고 사춘기의 소녀 같은 모습으로 나태하게 배회했다. 그러다가 알 수 없는 신호에 아니는 갑자기 전율한다. 그러면 얼마 동안 그녀를 둘러싸고 있는 물건에는 질서가 부여되는 것처럼 보였다(120-121). ② 서로 사랑하고 있었던 동안, 우리들은 가장 작은 순간이라도, 가장 가벼운 걱정거리라도 우리로부터 떨어져 나가 뒤처지는 것을 허락하지 않았다. 추억이라고는 하나도 없었다. 그늘도, 후퇴도, 피할 곳도 없는 혹독하고 찌는 듯한 사랑이었다. 삼 년이란 시간이 동시에 존재하고 있었다. 바로 그 때문에 우린 헤어졌다(123). ③ 애초부터 예절, 우정 같은 모든 상투적인 형식들, 그리고 인간관계를 부드럽

게 하는 모든 걸 치워 버리고, 상대방의 끊임없는 새 출발을

강요하는 그 태도(264).

6년 만의 재회인데도 완벽과 집착의 잔해가 그녀의 말 군데군데에 꽂혀 있다. 그런 아니를 집중 조명하듯이 이 장면은 더 이상 일기체가 아닌 현재형의 직접화법으로, 또한 사르트르의 연극관대로 '생략적인 일상' 언어로 실시간 중계된다. 아니가 '최적 상황'과 '완벽한 순간'에 대하여 설명하자, 로캉탱은 서슴없이 그것을 하나의 '예술작품'이라고 단정하고 아니는 짜증을 내며 그것은 하나의 '의무'라고 잘라 버린다. 아니는 그것이 '금욕적으로' 혹은 '금욕주의 그 이상으로' 완수하여야 하는, '도덕의 문제'였다고 말한다. 이렇게 그녀에게는 사랑도 주술적인 특성을 가지며, 무엇인가를 만들어 내야 할 것이 아니고, 사랑에서 찾아내어 '구원'하여야 할 것이다. 그래서 그녀가 템스 강변 어느 공원에서 로캉탱에게 준 첫 키스도 하나의 '의무'였고 그 의무 수행에 수반되는 고통도 '의식하지 말아야' 할 것을 넘어서, '아예 느끼지 말아야' 할 것이었고 방법적으로도

그것은 '형태를 갖추어'야 했다. 따라서 그 순간 자신의 허벅지를 찌르고 있던 쐐기풀의 존재는 전혀 문제도 되지 않았다(278-279).

하지만 아니의 말을 따르면, 실현하려던 이 '완벽한 순간'에는 항상 어긋나는 것이 있었다. 그래서 그녀도 내심 최선을 다해 본다는 생각 정도였다. 예컨대, 아버지의 임종에 아니가 기대하던 '완벽한 순간'을 숙모의 허접한 울음소리가 망쳐 놓았다든지, 다른 경우는 붉은 머리, 로캉탱의 서툶 때문이라고 투덜대기도 하였지만(122), 그녀는 결국 '최적 상황' 자체를 부정하고, 빛나는 증오라든지, 빛나는 죽음이 인간을 '구하고' 승화시킨다던 생각의 허구, 즉 '실현할 수 없는 것'의 정체를 보게 된다. 그것은 대신 증오하는 나, 사랑하는 나, 즉 감정과 의식으로서의 나일 뿐이다. 그리고 그 빈 자리에는 오로지 사물이라는 '늘려지기만 하는 반죽', '너무 비슷하여 어떻게 구별을 하고, 어떻게 다른 이름을 찾아내고 분류하는지 신기할 정도인, 그런 반죽'만이 자리하고 있을 뿐임을 발견하였다고 말하자(바로 이틀 전 로캉탱이 공원에서 발견한 부조리와 존재의 정체를 아니는 이렇게 다른 표현으로 정의한다), 로캉탱은 마침내 그들의 사랑 무대 역시 그녀가 연출한 비극의 세계였고, 자신은 그동안 배역을 담당하였을 뿐임을 확인하게 된다. 그리고 자신의 '모험의 느낌'과 아울러 아니의 '최적 상황'과 '완벽한 순간'과 같은, 드물고 정밀한 성질을 가진다고 생각했던 모든 시간들이 '부질없는 수난'의 강으로 합류하는 가상이었음을 확인한다(279-80).

그렇다고 아니가 제시하는 세계와 그 세계에 펼쳐지는 사랑의 형상이 보이는 관념성을 로캉탱이 그동안 의식하지 못한 것은 아니었다. 그렇기 때문에 그녀를 따라 사건의 형식에 의미를 두며 이야기의 세계처럼, 순간순간을 연결 짓는 작업에 동참하기도 했고, 때로는 아니가 요구하는 격식을 "갈기갈기 찢어 버리기도" 하였던 것이다. 그렇지만 아니의 시도는 사뭇 진지해 보였고, 로캉탱은 명확한 반대 이유를 찾지 못하였던 것이다. 그렇다면 이러한 아니의 삶과 사랑이 성공적이지 못했던 것은 어디에서 이유를 찾을 수 있을까? 아니는 자기 삶의 특수한 주제에서 '실존'이라는 일반적인 진실을 발견하는 데 비해, 로캉탱은 사물과 인간 일반에서 '우연성'이라는 전반적인 진실을 찾아내게 된다.

이 점에서 작가가 로캉탱의 모험과 아니의 연극에 너무 팽팽한 대립을 설정한 것은 아닌지 생각해 볼 수 있겠지만 전체적인 궤적으로 볼 때, 로캉탱이 구원의 실마리를 찾아 자기 삶을 그나마 정당화하는 반면, 아니의 마지막 출발 모습이 암시하듯이, 그녀에게는 어떠한 구원의 실마리나 정당화의 가능성이 할당되지 않았다는 점을 생각하면 아니는 그 설정부터 가혹한 판정을 예고하였다고 볼 수도 있다.

　그녀에게 사랑은 행복한 사랑이라는 시시하고 싱거운 이야기이기보다는 '모든 종류의 오해와 난관들'을 이겨 낸 고백이길 원한다. 결국 로캉탱을 복도로 쫓아내며, 아직 면전에 있는 그에게 "가엾은 이 같으니, 그는 운도 없지. 처음으로 그가 자기 역할을 잘해 주었는데, 누구도 그에게 조금도 고마워하지 않는다니"라고 느닷없이 로캉탱을 3인칭으로 몰아내며 새삼 배우의 본색을 드러내고, 잠시나마 가졌던 진정한 순간들을 금세 벗어난다. 그리고 로캉탱 뒤로 문을 꽝 닫는다(288). 아니가 비록 로캉탱과 유사한 정신적 궤적을 그려 왔다고 하더라도, 팽팽하였던 그동안의 대립 구도를 이렇듯 단번에 깨트리는 것은 그녀에게 고독에 잠기거나 고독의 밑바닥을 볼 용기와 근성을 심어 주지 않았기 때문이다. 그래서 현재 그녀는 카페 여주인, 프랑수아즈보다 오히려 더 도덕적이지 못한 여자, 혹은 비굴한 피부양녀의 초라한 짐으로 전락한 것이다. 그나마 그녀의 어떤 메마르고 황량한 명철함과 당당한 태도가 로캉탱에게 잊혀진 어떤 시간적 환상을 회상하게 하며 그의 애정을 그대로 유지하는 것이다.

이처럼 아니는 로캉탱의 섹스 상대가 아니다. 그보다 더 쉬운 상대도 물론 아니었지만, 그녀의 자유는 로캉탱에게 아예 소유보다는 이해의 대상이었다. 그녀가 애초에 열거하였던 두 가지 '최적의 상황'(274, 미슐레의 『프랑스사』에 삽화로 끼워진 앙리 2세의 죽음과 기이즈 공작의 살해 장면을 예로 들듯이 첫째, 죽음의 장면이거나 둘째, 왕이거나, 대단히 '엄격한 통일성'을 이루는 상황을 지칭한다. 참고로 《문예》는 '최적의 상황' 대신 '특권적인 상태'로 번역한다)에 새로운 상황으로서 섹스 행위를 우선으로 첨가하게 되었다지만 로캉탱의 신체적 요구들을 몇 차례 거절한 것은 그 순간에도 아직은 사랑에서 '구원해야 할, 그 어떤 것'이 있다고 생각하였기 때문이라 설명한다(275). 따라서

"그 입술이 내 입술을 살짝 스친", 두 사람에게 어쩌면 입맞춤이 유일한 신체적 사랑 행위이다.

그 반면 로캉탱은 이미 사랑과 섹스가 분리되는 것이 아님을 알고 있다. 카페에서 낯선 두 남녀를 관찰하며 상상한다.

<u>#24</u>　그들은 같이 자러 갈 것이다. 그들은 그걸 알고 있다. 각자는 상대가 그걸 알고 있다는 걸 또한 알고 있다. 하지만 그들은 젊고, 순수하고, 단정하기 때문에, 그리고 자신과 상대에 대한 존중심을 지키려 하기 때문에, 그리고 사랑이라는 게 함부로 해서는 안 되는, 어떤 위엄 있고 시적인 것이기 때문에, 그들은 일주일에 몇 번은 무도회나 식당에 가서 의례적이고 기계적인 그들의 예쁜 춤 모습을 보여 준다(208).

그렇지만 때에 따라 엿듣고 엿보고,

<u>#25</u>　그녀는 마흔 살쯤 되어 보이는 건강한 금발 여자인데 블라우스 속에는 단단하고 아름다운 젖가슴이 감춰져 있다(93, 250). 공원의 망토 입은 남자와 열 살 정도의 여자아이

는 욕망의 어두운 힘으로 서로서로를 얽매어 하나의 쌍을 이루고 있었다(151-152).

또한 카페 여주인 프랑수아즈와 애무는 없지만 그래도 '주고받는' 섹스를 한다.

#26   오늘 저녁에 시간 있소? 그녀는 결코 없다고 말하지 않는다(20). 여주인이 있어서 그녀와 섹스를 해야만 했다(114).

그녀는 쾌락을 얻고, 그는 그대로 "원인을 잘 알고 있는 어떤 우울증(멜랑콜리아)을 씻어 버리는" 것이다. 이렇게 아니와 대립적 위상을 가지는 여자들을 대하는 로캉탱의 태도는 사뭇 다르다. 그의 욕망은 우울과 순간적 애정과 때로는 강간의 희망까지 넘나든다. 만일 이 소설이 원제 '우울 Melancholia'을 지켜 낼 수 있었더라면 로캉탱의 섹스를 표현하는 이 우울이라는 어휘로 단숨에 이 소설과 '성애성sexualité'의 관계를 강조할 수 있었을 것이고, 섹스의 좌절된 욕망으로부터 곧바로 로캉탱의 첫 번째의 구역 장면이 시작되는 것도 단번에 관련지을 수 있었을 것이다.

#27 　　나는 섹스를 하기 위해 카페에 갔다. 그러나 내가 문을 밀자마자, 마들렌이 나를 향해 소리쳤다. "주인은 안 계신데요. 장 보러 시내에 나가셨어요." 나는 섹스에 심한 실망을, 불유쾌한 긴 간지럼을 느꼈다. 그리고 색깔 있는 느린 소용돌이가, 연기 속 거울 속의 그 안개의 소용돌이가, 빛의 소용돌이가, 구석에서 반짝이는 의자와 함께, 나를 둘러싸며 사로잡는 것이었다(41).

우울이라는 감정은 그 자체로 막연하지만, 로캉탱에게 적어도 그 원인 중의 하나임은 확실하고, 그 해소에 프랑수아즈면 족하다. 이렇듯 사랑과 섹스의 구분이 가능하지 않다고 생각하는 로캉탱은, 그래도 여전히 아니 때문에, 아니의 이분법의 영향에서 벗어나지 못한 채, 프랑수아즈와 아니를 차별하고 있다. 하지만 그의 우울과는 다른 세계에 존재하며, 그곳으로 자기를 안내할 가능성을 믿고 싶은, 그러한 아니라도, 상상 속의 섹스에서는 완전히 면제되지 않는다. 프랑수아즈와 긴장감 없는 섹스를 하려 할 때도 아직 지워지지 않은 아니에 대한 기억을 떠올린다.

> #28   괜찮다면 스타킹은 안 벗을게요. 나는 전에는 ─아니가 나를 떠나고 난 후에도 오랫동안─ 아니를 생각하곤 하였다. 지금은 누구도 생각하지 않는다(21).

또한 아니는 6년 만의 상봉임에도 짧은 시간만 할애하고 로캉탱을 복도로 내보내며 내뱉는다.

> #29   참, 그(독일인 화가)는 우리와 달라 ─ 아직까지는 말이지. 그 청년은 행동하고, 자신을 낭비해. (조금이라도 예쁘장한 청년이라면 누구라도 당신보다 못진 않아)[6](285-286).

곧바로 호텔 방으로 방문하였을 독일 청년 화가와 그녀

---

6 괄호 속 문장은 초판 당시 원고에서 편집된 부분이지만 이를 감안한다면 그 덕분에 이 부분이 아니의 대사임을 알게 해 준다. 하지만 《문예》는 이를 로캉탱의 대사로 번역한다.

가 펼칠 장면(이 22살의 독일 청년은 베를린에서 만난 아니에게 반하여, 갓 임신한 아내도 팽개치고, 꽃다발을 들고 파리까지 아니를 따라온다. 그러나 아직도 그런 청년들이 시종처럼 아니를 따르는 데 대한 로캉탱의 질투, 그리고 그 불행한 청년에 대한 아니의 방관적 자세, 등등 상당한 부분이 원고로부터 삭제되었다)을 상상하듯이, 다음 날 로캉탱은 한나절 강변을 배회하며 아니의 몸과 얼굴을 떠올리고,

#30   다섯 시 삼십팔 분이 되면 어제의 우리의 대화는 추억이 될 것이고 자기 입술을 내 입술에 살짝 스친 그 풍만한 여자(아니)는 과거 속에서 메크네스와 런던의 야윈 소녀(아니)와 한데 합쳐질 것이다. 그녀의 몸과 얼굴을 상상하다 보니 극도로 신경이 날카로워져 안절부절못했다(288).

심지어 거리 서점에 꽂힌 외설서의 표지 그림에까지 눈길을 돌린다. 그리고 역까지 가서 그녀가 함께 여행한다는 이집트인과의 출발을 지켜본다. 이렇게 『구토』에서 적어도 사랑과 섹스라는 이분법이 일견 가능해 보이더라도, 그리고 그것이 사르트르의 사랑관이라고 하여도, 그 구분

이 끝까지 수호되지 않는다. 그 연극 세계가 베일을 벗자 곧바로 '소름끼치는 늙은 여자', '그 풍만한 여자'로 표현되는 아니와 "어떻게 이 넓적한 얼굴에 입술을 댈 수 있었을까"(114, 318). 그를 깜짝 놀라게 하는 카페 여주인 프랑수아즈, 더 이상 두 여자에게 처음의 이분법적 차별이 가능하지 않게 된다.

자신을 '아름다움에 대한 욕망 그 자체'라고 정의하는 사르트르는 비극의 형태에서 '아름다움'의 정의를 찾아낸다. 로캉탱은 자신이 결국 줄리앙 소렐, 파브리스 델 동고 그리고 틴토레토(《문예》, 탱토레)의 그림 속에 나타나는 베네치아 총독들처럼 그리고 '축음기 판 뒤에서 메마르고 기다란 재즈의 흐느낌'과 더불어 살기를 원한 셈이라고 생각한다(325). 즉 일상의 삶에서 실존exister의 세계에서 허우적대지 않고, 그들처럼 비존재 혹은 존재 너머être의 세계에서 '이야기'의 질서대로 사건이 일어나는, 삶 자체가 모험인, 그런 삶이기를 원했던 것이다. 사르트르도 이러한 로캉탱의 소망처럼 자신의 삶 속에서 일어나는 '사건évènement'의 주인공으로 '아름다운 사건 한가운데'에 있기를 원했다고 말한다.

그러나 사랑은 그림이나 음악과는 다르게 시간의 흐름, 즉 상황 속에 있기 때문에 그 자체로 그의 '실현할 수 없는 것'이다. 그리고 그 당시 비극이나 멜로디와 같은, "이미 옆구리에 차고 있는 종말을 향하여 내닫는" 시간적 형태들의 찬란하고 고통스러운 필연성, 다시 말해 '아름다움'에 대한 쓰리고 헛된 꿈을 인간 모두의 속성이라고 생각했는데, 지금은 그 꿈이 자신만의 특수성일 뿐이라고 수정한다. 이것이 사르트르가 말하는 '사건의 아름다움'이다. 이와 같이 '그의 실현할 수 없는 것'이란 막연한 꿈이 아니고 '실현할 수 없는 ―상황 속― 존재'이어서 사르트르는 자신이 때로는 그 아름다움에 이끌리고 때로는 그에 의해 버림받는, 그런 사건 한가운데 놓여 있음을 자각하는데, 그건 바로 다름 아닌 자신의 '삶'이고, 자신의 '정열'이라고 요약한다. 이런 시각에서 볼 때 로캉탱과 사르트르는 서로 구분되지 않는다. 또한 한 작가의 첫 작품은 대부분의 경우 자서전적 성격을 가진다는 통념도 이 경우 그다지 어긋나지 않는다.

하지만 동시에 사르트르는 로캉탱이 아니었다.

내 앞에 많은 약속의 땅들이 있지만 내가 그곳에 발을 내딛게 되지는 않을 것이다. 나는 구역을 경험하지 못하였고, 진정하지 못하고, 약속의 땅 문턱에서 멈추었다. 하지만 적어도 난 그곳들을 가리키고, 덕분에 원한다면 사람들은 그곳에 갈 수 있다. 나는 안내인이다.

이렇게 "내가 느끼는 모든 것을, 그걸 다 느끼기도 전부터 나는 안다. 내가 그것을 느낀다는 점을. 그래서 매번 절반 정도밖에는 느끼지 못하는 것이다. 온전히 느끼기보다는 그것을 정의하고 생각하는 데 전념하기 때문"이라고 고백하는 사르트르와 '비일상적 모험'을 갈망하고 오랜 기간 감행하고 그 연후에 해석하는, 아바타 로캉탱은 다르다. 즉, 로캉탱은 '삶의 원칙'을 제거한, 즉 '껍질 벗은' 사르트르 자신이다. 그 말은 로캉탱이 그에 비해 진정하다는 말이다. 그래서 그는 로캉탱의 용기 덕분에, 예술의 형이상학적 가치가 무엇인지, 어떻게 예술가가 되는지, 따라서 예술이 '그 자신을 인정할 수 있게 해 주는, 비록 빈약하더라도, 하나의 기회'가 된다면(330), 어떻게 예술을 통하여 구원이라는 '약속의 땅'에 도달하는지, 그 가능성을 우리에게 제시할 수 있게 된다.

이와 같이 그는 개인적 경험에 의존하지 않고 현상학적 독립성을 가지며 일반적으로 유효한 '형상적 직관intuition éidétique'에 따라 묘사하며 자신의 실존과 경험은 그와 무관한 것으로 제외한다. 그래서 그 당시 불행한 상황에 대한 글쓰기가 즐겁기까지 하였다고 고백한다. 또한 몇 년 뒤에는 휴머니즘을 표방하기에 이른다. 따라서 이 소설의 자서전적인 의미는 바로 여기까지이다. 또한 사르트르의 이러한 문학적 여정에 비추어 볼 때, 우리는 그가 실제 자신의 삶과 사랑에서도 '진짜' 행동, 즉 진정한 사랑의 문턱에서 항상 멈추지는 않았는지 의심하게 된다. 이 의심은 앞서 살펴본 '아름다움'에 대한 그의 집착, 그리고 '필연적인 사랑'과 '우연적인 사랑'의 구분에서 출발한다고 할 수 있다. 그러므로 작가 자신의 문학적, 감정적 모험은 로캉탱과 아니로 하여금 '형상적 직관'이라는 방법에 따라 대리 실현하게 하지 않으면 달리 방도가 없다. 하지만 예의 주인공들은 역시 각자의 운명에 방치한다. 실제로 그의 많은 여자를 '필연적인 사랑'의 배역이 아닌, '아름다움'의 재현이라는 배역에 머무르게 한 것과 같이.

　다른 한편 '현학적이면서도 매력적인 기이한 정밀취향'(264, 지성을 드러내는 태도, 귀엽고 이상한 태도)의 아니는 작가의 사랑에 대한 분리적인 사고, 즉 섹스를 넘어서는, 그 자신이 어릴 적에 꿈꾸었던 '순결한' 사랑의 세계이다. 사랑에 가하는 인위적, 연극적 변형이 더욱 그렇다. 이는 사르트르도 마찬가지이다. 예컨대 그도 『전쟁수첩』에서 유혹 행위를 하나의 '소멸되는 예술작품'이라고 정의하기 때문이다. 오랫동안 사랑이라는 사건이 '필연적'인, 즉 '아름다운' 사건이어야 하고, 따라서 그 종말은 사랑 고백이고, 또한 투우의 죽음에 비유되는 사랑 행위, 즉 섹스라고 생각했다고 한다. 그리고 그리스 비극의 이미 알려진 결말처럼, 예정되어 있기는 하지만 '예측할 수 없는, 목표를 향한 진전'일 것이 중요하였고, 그래서 상대방이 고백의 순간까지 자신의 동요된 감정을 미리 예감하지 못한 상태이길 원하는데, 그것은 고백의 순간, 그녀의 열정적인 반응으로 보상을 받아야 한다고 생각하였기 때문이다. 즉 그 여자 자체보다는 그 여자가 제공하는 연극의 기회가 더욱 소중하였다.

그리고 이 연극에 참여하는 사르트르의 수단은 오로지 언변言辯이었으며, 역할은 '언변의 유혹자'였다. 그의 관심은 오로지 '유혹의 시도'였기 때문이다. 그는 열 살 때 그의 재능을 알아본 어떤 부인이 "저는 이 아이가 스무 살이 되면 다시 보고 싶어요. 그리고 이 아이가 모든 여자의 마음을 사로잡으리라 확신한다"고 말하였다는 기억을 간직하고 있다.

유혹자는 '세상을 여자에게 소개하면서, 그녀에게 가장 깊이 감추어진 풍경이나 순간의 의미들을 벗기는 자'이고, 자기에 의해 이미 지각되고 다듬어진 사물들을 상대에게 소개해 주며, 나무는 그의 존재 덕분에 나무 이상의 것, 집은 집 이상의 것이 되어 갑자기 세상을 풍성하게 보여 주는 그런 자이다. (하지만 사르트르 자신은 정작 그런 능력이 없고 아쉬운 대로 '예술과 사랑의 일치를 실현'하고 싶은 욕망을 간직한다고 말한다.) 여하간 그의 의무는 '세상을 말로 포착하는' 것이고, '세상이 제 모습을 보일 수 있게 도와주는 것'이고 그런 점에서 쓰는 행위가 사물의 의미를 캐는 일이라면, 솔직하게 말해 유혹 행위도 마찬가지이고, 게다가 '관점'을 선택하여야 하는 것까지 더하면 온통 문학의 작업과 같다고 말한다.

섹스에서 구할 것을 구하지 않고 정신적 시도에 머무르는 이 같은 선택은 보다 근본적으로는 신체보다 영혼을 중시하던, 어릴 적의 '위대함이라는 관념'과 관련지을 수 있다. 동시에 낯선 세계에 이끌려진 로캉탱의 혼란도 새삼 이해하게 된다. 그래서 작가는 아니의 모험을 통하여 이러한 사랑관의 허실을 보여 주는 셈이며, '실존이라는 거대한 부조리를 위장하기'보다는 이를 폭로하기 위해 사랑에 대한 그의 이분법적 사고까지 부각하는 것이 아닌지 생각해 볼 수 있다. 즉 자신은 도피하면서 무엇을 구원한다는 식의 사고가 섹스와 사랑 간에도 극복하지 못할 고랑을 남겨두고, 아니의 연극 의례에서 보듯이 사랑은 치장하게 되지만 섹스는 감추어진다고 말할 수 있다.

이 점에서 '완벽한 순간'은 오히려 섹스에서도 마땅히 구해야 할 것을 은폐하며 로캉탱의 관심을 섹스로부터 우회시킨 셈이고, 그래서 서로가 서로를 의미(해야)하는, 사랑과 섹스의 관계가 전혀 다루어지지 않았다고 볼 수 있다. 사르트르는 서로가 관계를 맺지 않는 이분법을 그대로 방치한

점에서 사랑에 관한 소설 쓰기를 원한 게 아니다.

독학자와의 대화에서 불쑥 나오는 로캉탱의 언급이지만, 그에게 아직 문학이 '쓰기 위해 쓰는' 작업에 머무르는 것도 같은 맥락에서 생각할 수 있다. 그가 그 과정에 해당하는 정신적 시도에 치중하여 사랑의 행위를 정의하듯이, 문학의 작업도 '(약속의 땅) 문턱까지의 안내'로 한정한다. 이는 『문학이란 무엇인가』(1946)에서는 "예술이 참여를 해도 잃을 것이 없다"는 입장으로 바뀐다. 그렇다고 로캉탱의 생각을 완전히 부정한 것은 아니더라도 사르트르의 사랑과 로캉탱의 로맨스를 문학과 관련짓는 작업은 분명 시대적인 한계를 가진다. 사르트르는 1940년 자신에게 여자들과의 사랑은 이미 끝난 문제라고 아쉬워한다. 이는 상황과 관련하여 계속 변화하는 문학관과는 다르게 사랑과 모험에 대한 생각이 비교적 그의 젊은 시절에 국한된다는 말이다.

#32   조금 후면 내 나이 35세. 벌써 몇 해나 여자들에게 둘러싸여 살았는가. 그래도 여전히 새로운 사람들을 알고 싶고, 아니 최근까지도 그걸 원하였지만, 지금은 끝났다. 돌이

커보면 나와 대등한, 가장 탁월한 여자들과조차 내가 나눈 말은 정말 불쌍할 정도라고 생각한다.

8. 최적의 상황과 완벽한 순간

아니도 #9에서 본 로캉탱의 표현과 똑같은 어휘들(une qualité tout à fait rare et précieuse)로 젊은 시절의 실패를 털어 놓는다. 예컨대 미슐레의 『프랑스사』에 군데군데 끼워진 예시 그림(통칭 삽화)들이 특히 그녀가 갈구하던 소중한 최적의 상황을 제공한다고 잘못 생각했다고 한다. 그녀의 묘사에 따르면, 디드로와 그뢰즈의 '활경'을 연상시키는 그림들이다.

#33

아니: 나는 그렇게 엄정한 통일성을 지닌 그림을 본 적이 없는 것 같아. 그런데 그것은 거기에서 나왔거든.

로캉탱: 최적最適의 상황들 말이야?

아니: 그게 아니라, 요컨대 그 상황들에 대한 내 개념 말이

지. 그건 전적으로 드물고 정밀한 성질을 가진, 말하자
면 어떤 스타일이 있는 상황들이었어(274).

아니는 여기에서 설명하는 '최적 상황'이 마련되면 그로
부터 '완벽한 순간'이 나올 수 있다는 믿음으로 청춘을 일
관해 왔다. 그렇지만 이제는 검은색 의상 차림으로 어느
돈 많은 이집트인을 따라 여행이나 하며 살아가는 중이
다. 그러한 그녀가 이번 재회에서야 고백한다. 두 사람의
첫 입맞춤 순간조차도 자기가 연출한 장면이었다고. 로캉
탱은 그제야 깨닫는다. 모험은 없다는 사실을. 아니는 젊
은 날 자신의 중요한 순간들을 이처럼 변형시켜 온 것이
다. 비극의 여주인공 역할을 꿈꾸던 그녀는 일상도 자신의
의지와 연마에 의하여 '절정의 순간' 그리고 하나의 '작품'
의 시간으로 만들려 한 것이다. 고전적 작품에서처럼 그녀
에게는 시간이 도입부exposition, 갈등noeud, 반전péripétie과 위기
의 순간, 그리고 절정의 결말dénouement로 끝나는 그런 연마
의 대상이었던 것이다. 데이트의 시간도 마치 고전극에서
처럼, '갈등'과 '오해quiproquo'를 설치하고 이를 '장애물obstacle'

로 변조하여 '절망적인 상황'을 이끌게 하다가 헤어지기 한 시간 전 로캉탱의 손을 세게 잡는다. '반전'이 제공하는 '최적의 상황'인 것이다. 그때부터 순간순간은 되돌릴 수 없는 정밀한 연속으로 감지되고, 아니 본인은 그 '시간의 불가역성'의 느낌에 숨죽이며 전율의 눈물을 흘리는, 그런 시간의 연출자였다(111).[7]

주지하듯이 '완벽한 순간'은 디드로1713~1784가 애호한 개념이다. 연극적 환상의 절정을 위한 전제 조건이다. 그가 제시하는 '부르주아극'은 우선 팬터마임을 복원하여 관객이 오로지 시각에 집중하게 하고, 두 번째 배우의 불안한 일회적인 연기를 가면으로 대체하여 관객의 긴장을 안정화하며(269, 아니도 평소 가면의 기능을 이용한다), 세 번째 무대와 객석 간에 심리적인 '제4의 벽'을 인식시켜 관객이 일종의 관음증을 느끼듯 무대에 몰입하게 해야 하고, 마지막으로 같은 시대 화가 그뢰즈Greuze, 1725~1805가 자신의 풍속화로 구현

---

7 참고로 1947년 서영해는 이 '완벽한 순간'이라는 표현을 두고 다음과 같이 말한다. "'완전한 순간'이라는 말을 보더라도 이것이 향락주의에 지나지 않음을 알 수 있다." 이는 『구토』에 관한 한국인 최초의 언급이다.

하듯이 한순간에 많은 의미를 온전히 포착할 수 있는 '정지된 장면', 즉 '경景, tableau'으로 '막幕, acte'을 대체하고, 마지막 장면도 그뢰즈의 그림 같은 '활경活景, tableau vivant'으로 구성한다는 주장이다. 그래야 관객이 절정의 순간에 제대로 동참할 수 있다는 연극적 환상에 관한 내용이다. 그래서 아니도 여행할 때 커다란 가방에 장신구며 소품을 잔뜩 넣어 다닌 것이다(254). 일상의 시간을 '최적最適의 상황'이라는 '연극적 주물'을 통해 '완벽한 순간'으로 연마해 내려는 그녀의 '시간 연금술'(111, 121, 278)은 로캉탱에게서는 "드물고 정밀한 성질을 가진 순간들"(75-76, "희귀하고 귀중한 특색", 274, "드물고 귀중한 특성")이라는 표현으로 묘사되는데, 나중에 알고 보니 이는 '이야기의 시간성'을 느끼게 한 순간들이었다. 그녀의 '시간 연금술'과 그의 '정밀한 시간성'에 대한 집착은 서로 대동소이한 것이었다.

이같이 '모험의 느낌'을 암시하는 순간에 대한 로캉탱의 열망과 '완벽한 순간'에 대한 아니의 집착은 모두 어느 순간에 대한 '집중'이라는 똑같은 방식이었고 그 집중은 시간성의 변형을 의미하는 것이다. 이렇게 "모험을 자기를 향해

다가오게 하려던" 아니는 작가로부터 '승자패勝者敗, Qui gagne perd'의 길을 부여받고, 그 반면 순간에 대한 집중을 유지하며 더 늦게까지 "모험이 다가오기만을 기다린" 로캉탱은 오히려 '패자승敗者勝, Qui perd gagne'의 길로 안내받은 셈이다(292).

9. 관념

인간은 반유半有의 존재라고 한다. 어느 누구나 사람이라면 죽고, 언제라도 무화될 가능성을 가지고 서서히 무화되기 때문이다. 인간만이 아니다. 사물도 운동 중에 있고 결국 지속과 경과라는 과정 끝에 소멸하므로 모든 실재(존재)는 마찬가지다. 또한 이미 무화된 비실재도 이전에 실재하였던 적이 있으므로 존재의 영역에 속한다고 할 수 있다. 불타 없어진 나의 집이나 돌아가신 아버지가 그것이다. 예컨대 '그에게 모든 게 다 있으나 오직 한 가지 없는 게 있다'고 할 경우, '없는 것' 곧 비실재적인 것이 있다는 뜻이며, 이 '있다'는 그 어떤 것의 '실재하지 않음'을 지시할 뿐이다. 이 경우처럼 존재의 개념은 실재하지 않는 것, 곧 없는 것까지도 포괄하며, '희망과 장래가 있다'든가 '과거가 있다'고 할 경우, 이러한 비실재 또한 존재의 범주에 속하고 있다. 이같이 존재라는 개념도 다른 모든 개념과 같이 실재를 본질로서 갖고 있는 게 아니다. 있음, 곧 존재라는 개념은 반성을 통한 오성의 직관적 산물로서 정의되거나 추론될 수 없다. 존재는 그 이상의 상위개념이 없기 때문이다(이영호, 『유와 무』).

그러나 불교의 공空은 이 비실재와 다른 분류이다. 당연히 비존재와도 다르다. 마오쩌둥이 사망한 순간, 그의 공(텅빔)도 이 세상에서 사라져 버렸다. 공은 색色과 다르지 않다. 따라서 공은 비존재나 무無가 아니다. 색즉시공 혹은 색불이공色不異空의 색은 세속적인 모든 현상이나 존재를 총칭하며 그것은 실제로 인연에 의해, 또는 우리의 '마음의 꾸밈'이라는 인연에 의존해 이루어진 일시적 환상이자 현상이다. 이에 비해 공은 결국 우리를 속이는 색 속에는 나의 고유한 존재로서의 자아가 전혀 있을 수 없고, 텅 빈 현상의 진짜 모습이 즉 실상實相이자 궁극적 진리라는 뜻이다. 그러나 한 번도 존재해 본 적이 없는 비존재non-être가 있다.

원▨이나 삼각형(242), 그리고 『구토』의 재즈, 스탕달의 쥘리앙 소렐과 파브리스 델 동고 등이 그것이다(325). 로캉탱이 부러워하는 것이 바로 그 세계이다. 그래서 모험은 없다고, 그리고 자신은 세상에 속은 불쌍한 자라며, 그래서 이제 자기도 그들처럼 소설의 주인공을 창조하겠다고 다짐한다.(329-30, 245 "그들은 자신이 그 원인이 되는 필연적인 존재를 하나 발명함으로써 이 우연성을 극복하려 했던 것이다.") 하긴 사르트르도 이러한 로캉탱을 만들어 내지 않았는가. 그런데 항상 이러한 인간적 기대의 범위 안에 나타나는 비존재는 처음에는 로캉탱의 안중에 없었다.(이를테면 내 지갑에 1500프랑이 있다고 생각하고 막상 열어 보니 1300프랑만이 있다. 200프랑의 비존재는 내가 기대하였기 때문에 생긴 것이다. 마찬가지로 내가 피에르를 기다리는데, 바로 나의 기다림이 피에르의 부재를 실제의 사건으로 생겨나게 한 것이다.) 로캉탱이 뒤늦게 막연한 존재의 형체를 알아보고, 또한 그 속에서 무를 읽어 내고, 무가 존재로 바뀌는 움직임까지 포착하려 하는 등(247), 마침내 존재의 실제 모습을 알아보기까지, 비록 그 뒤에는 관념이 있기는 하지만, 라이트모티프Leitmotiv는 구토이다. 구토는 그가 막연하게나마 존재의 우연성을 의식하는 기회마다 찾아오는데, 진정 그가 우연성의 존재라면 자신의 기원이 없는 존재, 즉 연역이 불가능한 존재가 되는 셈이기 때문이다. 그런 존재에는 그 위에 있는 어떤 보편자 같은 상위개념을 전제하거나 추론해 낼 수 없기 때문에 존재를 그 어디에서 이끌어 낼 수 있는 가능성은 없기 때문이다. 그래서 존재는 연역할 수 없다는 것이고, 여분이라는 절대적 우연성만이 있다고 하는 것이다.

이러한 발견을 있게 하기까지 로캉탱의 모험을 중개한 것은 추상적인 주인공, 바로 '관념'이다(74). 우선 처음에는 소문자로 소개되던 관념은 로캉탱의 모험에 대한 추적이 시작되자 본격적으로 대문자로 등장하며 로캉탱을 비난한다. 그러다가 어느 순간에 이르러서는 아예 무대에서 자취를 감추고, 얌전히 원래의 어휘 자리로 되돌아간다. 관념이 자취를 감춘 것은 로캉탱이 모험은 없다는 결론을 내린 때부터이다. 그리고 로캉탱이 '이름 지을 수 없다고' 생각한 이 관념은 서서히 모험과 존재에 관한 것임이 드러나게 된다. 인도차이나 여행에서 돌아오기 직전 메르시에의 사무실에서 그의 턱수염에 뿌린 향수의 역한 냄새와 크메르 조상影像이 로캉탱에게 심한 역겨움과 무언지 알 수 없는 절망감을 준다. 그러자 "부피가 있고, 김빠지고, 나태한" 소문자의 관념이 그 앞에 나타난다. 그 관념의 모습이 주는 또 다른 역겨움과 메르시에에 대한 분노를 참지 못하여, 이틀 후 그는 프랑스로 떠난다(18). 그로부터 4년 후 부빌 도서관에서 알게 된 독학자가 그의 호텔을 방문하던 날, 독학자는 그에게 여행을 비롯해 많은 모험을 하였는지 묻는데, 독학자의 입에서 나는 악취 때문에 한 걸음 뒤로 물러난 그는 자신이 모험에 대해 거짓말하고 있음을 알게 된다(73). 그는 4년 전과 같이 심한 분노를 느끼고, 4년 전과 같은 절망이 그의 어깨를 누른다. 이때 다시 나타난 관념은 대문자의 의식화되고 구체화된 관념이다. 하지만 형상은 역시 예의 그 "커다랗고 허연 덩어리"이다. 관념은 로캉탱의 동반자로서 이제는 맥빠지고 빛바랜 무형의 덩어리로 바뀐다. 관념의 등장은 이와 같이 우선 역겨운 느낌과 관련이 있다. 메르시에의 수염에서 나던 향수 냄새 그리고 독학자의 구취는 그 자체가 일상성이며 모험의 부정이다. 또한 로캉탱이 그 동안의 삶에서 기대하였던 시간성의 부정이다. 로캉

176

탱은 명백한 이유도 없이 화가 난다지만 이 모든 경우에 결국 화를 참고 낙담한다.

그래서 이 소설의 원제로 사르트르가 희망하였던 '멜랑콜리아'는 로캉탱의 이 터트리지 않은 분노, 그리고 절망과 연관 지어 생각해 볼 필요가 있다. 한편에는 그가 가진 '절름발이식 사랑'의 경향이 있다. 다시 말해 끝내 승화시키지 못한 아니와의 사랑이, 소통과는 거리가 먼, 카페 여주인과의, 순전히 '주고받는' 식의 성관계로 가치 절하되며 변형된 응어리, 즉 분노 섞인 응어리가 있다. 그가 살면서 가장 원했던 것이 그의 말대로 사랑도 명예도 아니었고 그의 삶이 정밀한 시간으로 채색되는 것이었다면 그의 우울은 우선적으로 그의 절망과 다 표현해 내지 못한 분노와 관계가 있다. 그의 우울은 억압된 성욕에서만 비롯되는 것이 아니고, 그가 젊은 날부터 갈구한 시간성이 잡힐 듯 잡힐 듯 사라질 때마다, 그리고 그와는 반대편에서 비존재의 세계(재즈음악, 소설의 주인공들)가 발하는 빛을 느끼며 한 순간 위안을 받기도 하지만 또한 어김없이 그 순간을 부정하는 가혹한 일상에 다져진 절망감에 기인하는 것이다.

하지만 무명無明의 로캉탱은 아직 일상을 매번 확인하고 자신에 분노를 느끼고, 이제는 젊은 날의 시간성과 필연성을 빛바래고 김빠진 모습의 관념으로만 만날 뿐이다(77). 그리고 그 관념의 형상이 그에게 질문을 하며 존재를 드러내 보일 때 비로소 막연한 의미를 이해하게 되고 그동안의 혼돈상태에서 서서히 벗어나게 된다. 로캉탱은 자기 삶에 대한 진단을 시작한다. 그 결과 여태 가장 소중하게 생각해 온 것이 요컨대 시간의 성질에 대한 믿음이었음을 이해하게 된다. 즉 자신의 삶 자체가 책 속에나 있는 정밀한 시간성에 대한 희망에 불과했음을 생각한다. 그 성질은 책이나 재즈에나 있는 필연적인 시간성, 즉 격格이 다른 시간에 있었다. 자신 내부에 반유의 일부인 무를 담고 우연에 자신을 내맡긴 일상이 아니라, 온통 유有만으로 채워진 필연의 색色을 지닌 삶을 실현하고 싶었던 것이다.

마로니에 나무뿌리는 '검다'라는 단어가 쭈그러들며 의미가 비워진다(243). 원이 존재하지 않듯이, '검다'도 존재하지 않는다. 이 '검다'는 성질이 금세 로캉탱의 손가락 사이를 빠져나가는 순간과 아니와의 재회 장면 중 로캉탱이 '모

178

험은 없다'는 걸 확인하는 순간은 같은 의미를 가진다. 모험은 삶에 없는 성질을 가지기 때문이다. 그가 가장 기다린 것은 바로 자신의 삶이 '드물고, 정밀한 성질'을 가지는 순간들이었다. 그 순간들은 모험의 느낌을 가져왔고, 그 모험은 시간의 성질과 다르지 않기 때문이다. 그런데 공원에서 로캉탱의 손을 빠져나가던 색, 소리, 향기, 맛과 같은 성질 그 자체에 잉여성du trop이 발견된 것이다. 마로니에 나무뿌리는 '검지'도 않았으며, 아돌프의 멜빵끈은 '보랏빛'이 아니었고(43), 조약돌은 별도로 조약돌의 성질이 있는 건 아니었으며, 온통 모험이길 바랬던 로캉탱의 삶에 별도의 시간성이 없었던 것처럼, 이 사물들도 마찬가지였던 것이다. 이전에 로캉탱이 조약돌을 주워 들며 '이건 조약돌이다'라고 생각했을 때, 주어 이것은 우연이고 조약돌은 필연의 술어였다. 하지만 이제 그가 '그것은 …이 아니다'임을 발견할 때, 그 '…'는 이제는 부정된 필연성 또는 더 이상 거론할 수 없는 성질을 의미한다. 어떠한 것이 그렇게밖에 존재할 수 없는 이유는 '관계'에 근거하여 말할 수밖에 없기 때문에, 필연성은 관계에 근거한 절대적으로 확실한 이유이기도 하다

(240). 따라서 관계에 선행하거나 관계를 넘어선 어떤 것은 이유 없이 존재하는 것이고, 이 존재야말로 우연이다.

급기야는 마로니에 나무뿌리의 검은색이 하나의 덧칠로 보이고, 그가 '보는' 것도 순수하게 보는 게 아니라, 하나의 '추상적인 창작물'에 불과하고, '간결하고 단순하게 한 관념, 즉 인간의 관념'에 지나지 않는다고 생각하게 된다. 그의 시각이란 인간의 색 분류법과 식물도감에 근거하여 유사한 색깔과 수종樹種을 골라내는 일에 불과하고, 그에 비해 인식대상으로서의 그 뿌리 자체는 인간의 "시각, 후각, 미각을 넘쳐나는 현전présence"이다. 그래서 관계의 필연을 표현하는, 이탤릭체로 강조된 계사繫辭, être('…이다')는 그 대신 우연을 지시하고 이탤릭체로 강조된 빈사賓辭, ressembler('비슷하다')로 바뀌게 된다(242-4).

또한 마블리 카페에서 듣는 젊은이들의 '간결하고 진실 같은 이야기'도(12) 지금 공원에서 깨닫는 '보다voir'와 '시각vue'의 진실과 다른 것이 아니다. 그는 마로니에 나무의 뿌리를 응시하며 인간의 관념과 성질에 대한 기대를 존재로부터 엄격하고 세밀하게 분리해 내는 작업을 한다. 우선,

180

방금 발견하였듯이 인간의 '시각'만이 하나의 '간결해지고 단순화된' 관념이 아니라, 사물의 (무에서 존재로의) '이동passage'이라는 운동도 나뭇잎의 동요, 전율 같은 존재와는 전혀 다른, '지나치게 명백한' 관념에 그친다는 관찰이 그것이다.[8] 그 동요, 전율은 절대이고, 오히려 하나의 사물이지, 지금 또 다시 태어나는 성질이라든가, 힘의 이동같이 행위로 바뀌는 관념은 절대로 아니라는 것이다(247).

그래서 이제 공원에서 '시각', '이동'이라든가, '운동' 같은 관념은 그에 의해 추방되었고 오로지 사물, 존재 그리고 동요, 전율과 같은 절대만이 있게 되는데, 사방 도처에 그 절대가 동시에 존재하며 또한 만개하여 모든 존재가 하염없이 같은 모습을 가짐에 오히려 식상하게 된다.

그렇다고 해서 그 존재들의 풍요가 어떤 넉넉한 느낌을 주는 것도 아니고 자신을 주체하지 못하고 당황한 모습일

---

8 사물의 본질은 반유의 운동에 근거하므로 지속과 경과라는 과정에 놓여 있다. 그리하여 사물의 본질은 시간성을 갖는바, 그 형성 또한 과정을 수반한다. 그런데 이 본질의 형성 과정이야말로 사물의 지속 과정 그 자체이다. 다시 말하자면 사물은 지속 속에서 자신의 본질을 형성한다. 이영호, 『유와 무』.

뿐임에도 더욱 어처구니가 없어서, 로캉탱은 이 소설에서 유일무이하게 너털웃음을 터트린다. 이러한 로캉탱 식의 작업을 거치지 않고 존재의 본질을 알아볼 수 있기는 쉽지 않을 것이다. 지나치게 명백해진 관념의 그 성긴 '거름망'으로는 역부족이다. 인간은 관념과 속성, 그 성질에 대한 기대 때문에 그 너머의 것을 보지 못한다. 일상의 살기vivre를 보는 진짜 시각을 가지려면 관념과 성질 위에서 굽어볼 수 있는 일종의 '독도법'이 필요하다. 생텍쥐페리의 『인간의 대지』에 소개되는 인간의 길처럼 인간의 관념 또한 오랫동안 인간을 속여 온 것이다. "길은 불모의 땅이나 바위나 사막을 피해 가며 인간의 필요에 따라 샘泉에서 샘으로 갔던 것이고 이렇게 달콤한 거짓말 같은 그 구부러짐에 속아서 우리는 우리의 감옥의 모습을 아름답게 생각한 것이다."

인간은 이렇게 길을 만들듯이 관념과 속성을 믿는다. 인간이 만든 길은 길 너머의 진짜 세상을 보지 못하게 가린다. 길이 사람들을 결혼시키며 '관계'라는 필연의 실을 잣듯이, 관념은 지식을 만들어 사물의 진실, 즉 존재를 가린다. 그 관념과 속성은 인간의 창작인데 그 성긴 그물코와 그 간결하고 명료한 거름망 때문에 그 관념의 그물이 건져 올리는 세상은 그 그물만큼 간결하고 명료해진 풍경이다. 그래서 세상은 인간을 비껴나갈 수밖에 없다.

인간은 이야기로 인간을 만든다. "내가 그의 이름을 불러 주기 전에는 그는 다만 하나의 몸짓에 지나지 않았다. 내가 그의 이름을 불러 주었을 때 그는 나에게로 와서 꽃이 되었다." 김춘수는 이 시에서 '이름'과 '몸짓'이라는 표현으로 관념(혹은 이야기)과 존재를 대비시키고 있다. 3, 4연에서도 반복하는 '빛깔', '향기', '이름', '그의 꽃', '무엇이 되고 싶다', '잊혀지지 않는 하나의 눈짓'과 같은 관념의 수다는 모두, 무릇 존재란 '하나의 몸짓'에 불과하다는 절망적 인식과 그로부터 승화하고 싶은 염원에서 나온다. 인간은 이 염원을 이야기로 짜인 인간의 세상에서 구상한다.

10. 구토의 의미

도서관에 안개가 스며들 때(진실의 은유적 도래), 로캉탱은 인류의 아성인 서가의 책들(진실 같음의 대표적 형상)이 그날따라 진실 같지 않게 보인다고 일기에 적는다(146). 이 도서관의 안개는, 일전의 카페의 소용돌이처럼, 로캉탱에게 〈진실 같음〉의 세계를 비집는 '진실'의 현동現動을 암시한다. 그리고 이에 대한 로캉탱의 반응이 불안과 구토감이다.

그래서 소설 제목인 구토의 의미는 뜻하지 않은 '진실'의 출현(사물 존재, 예컨대 조약돌이 자기 존재를 드러냄)으로 설명된다. 그동안 언필칭 '인문환경'을 안정적으로 구성하던 '진실 같음'의 형상들이 카페의 이야기, 도서관의 소설, 박물관의 초상화, 거울과 창문의 함정, 경험의 시간, 여행의 기억, 일요일 산책, 독학자의 격언, 공원의 남자, 아니의 보충 설명 등의 예를 통해 두루 분석되는데 일상의 삶에서는 그에 따라 드러나지 않던 허상과 부조리라는 '진실'이 파악된다. 이에 로캉탱의 '신체의식'은 때때로 구역질로 반응하고, 음악과 소설이 대변하는 비존재 세계의 시간성을 초현실적으로 경험하며 비로소 진정된다. 하지만 이 경험도 부르주아적 '모험'이나 '완벽한 순간'이라는 왜곡된 시간성을 지향하는 여전한 '가상', 즉 '진실 같음'의 순간이었음이 밝혀진다.

이에 의해 인간(혹은 그 속성으로서의 진실 같음)과 사물(혹은 인간의 개입 이전의 사물, 즉 진실)은 그동안의 '조화로운'(소유와 종속이라는 일방적) 관계에 종지부를 찍고 서로 결별하며, 각자 본래의 제 모습과 위치를 알게 되지만, 인간은 제 자리로 돌아간다 할지라도 그대로 진실에 속한 삶, 즉 '살기'만을 택할 수는 없다. 이때도 로캉탱은 재즈, 〈머지않아 언젠가〉를 들으며 일종의 '모험의 느낌' 혹은 '비존재의 진실 같음'에 위안을 얻고 구토감을 진정시키듯이, 인간은 '이야기하기'라는 의례적 체험을 통하여 또다시 진실 같음의 세계를 만들고 인간의 환경으로 삼을 수밖에 없는 것이다. 도서관과 서적이란 그야말로 이성의 집약이며 인류의 아성이다. 데카르트에 의하면 인간의 이성은 신이 주었다는 '자연의 빛'이다. 이는 또한 소위 말하는 인간의 '시각'이다. 그런데 이성과 시각은 모두 인간에게 함정이 된다. 인간의 진실 같음을 진실로 착각하게 하기 때문이다. 그래서 로캉탱은 그의 호텔에서 독학자의 방문을 기다릴 때, '거울의 함정'을 피하려다가 '창문의 함정'에 빠졌다며, 인간의 시각과 인식이 가진 함정을 암시한다. 이 장면뿐 아니라 공원 마로니에 뿌리 장면에서 동원되는 모든 동사 '보다', '미리 보다'는 이탤릭체로 강조된 것을 볼 수 있다. 호텔 창문에서 목격하는 골목길 노파의 걸음걸이에서 과거·현재·미래가 병렬식으로 놓여 있는 듯한, 다시 말해 '시간의 불가역성'이라는 착시를 경험하는데, 이는 그가 삶 중에도 항상 '모험의 느낌'을 가지고 싶어 하는 기대와 똑같은 착각이다. 그래서 한 여인을 보면서 때에 따라 그녀가 늙어 가는 모습을 보는 듯한 착각을 하기도 하고 또한 그도 그녀를 따라서 늙어 간다고 생각도 하게 되는데, 바로 이것이 시각과 예견의 함정이라는 것이다. 이성의 눈으로 이런 장면들을 그대로 본다며 인간은, 이를 문제 삼는 의심에 뜨악해 하지만 이는 삶의 모든 순간에 '모험의 느낌'을 가지려는 젊은 로캉탱의 그것과 같은, 우리 인간의 행복한 착각인 것이다.

지향적 존재인 인간에게 가치란 순전히 인간적 테두리 내의 산물이고, 사르트르도 결국 실재와 가치를 동시에 추구하는 이율배반을 인정하고 있다. 그는 그 이율배반을 '실현할 수 없는 것'이라는 카테고리로 설명한다. 우리는 그 예를 그가 『구토』에서 오랜 설명 끝에 내린 결론, '모험은 없다'의 오류를 인정하고 이를 수정하는 데서 찾을 수 있다. 또한 모험도 존재를 가지지 않는다고 부정할 수는 없다. 그래서 그의 『전쟁수첩』에서 모험이란 존재하긴 하지만 다만 '실현할 수 없는 것'일 뿐이라고 수정한다. "인간 행위의 절반 정도는 이 실현 불가능한 것을 실현하려는 것"이라며, 그로부터 나오는 실망은 다시 말해 '휴가'나 '모험' 같은 어떤 '실현할 수 없는 것'이 미래형으로 나타났다가, 현재를 건너뛰고, 곧바로 과거형의 실현 가능한 것의 형태로 나타난다는 점 때문이라는 것이다. 그래서 내가 '모험' 안에 현재형으로 있을 수 있다거나, 모험을 볼 수는 없고 단지 과거형의 이야기로만 상상해 볼 수 있으며 그걸 직접 그 안에서 즐길 수는 없는 것이다. 그것은 예컨대 여행 중인 내가 파리Paris에 있다고 생각할 수는 있어도 파리 안에 있을 수 없는 것과 마찬가지이다. 그래서 파리를 '실재적인 존재자'라고는 할 수 있지만 '실현 가능한 존재자'라고는 할 수 없다.

보부아르와 사르트르가 같이 보낸 삶, 그들이 '작품'이라고 이름 붙이는 삶도 마찬가지이다. 삶은 존재하는 사건이다. 그렇지만 삶 속에 있다고 생각할 수는 있어도 삶 속에 있을 수는 없는 것이다. 시간을 보지 못하듯이 삶도 보거나 확인할 수는 없다. 사르트르가 젊은 날부터 끊이지 않고 기리는 가치는 "사랑도 명예도 아니고" 오로지 아름다움이다. 즉 '사건의 아름다움'이다. 그가 말하는 사건이란 '그에게 일어나는 시간의 흐름'이다. 따라서 그 아름다움은 그를 유혹하다가는 금세 그를 내버리는 그런 순간의 아름다움이다. 그래서 그의 로캉탱도 자신의 삶의 중요한 가치가 '드물고 정밀한' 어느 순간의 성질, 즉 시간성의 아름다움이었음을 『구토』의 어느 순간 이해하게 된다. 마찬가지로 그 아름다움은 실현할 수 없는 것이다. 삶이라는 사건 자체의 아름다움이 아니라 생겨났다가, 즉 나를 유혹했다가 곧바로 사라지는, 즉 그래서 내가 그 안에 있을 수 없는 사건의 아름다움이다. 이 또한 미래형으로 나타났다가 현재를 건너뛰고 금세 과거형의 '실현 가능한 것'으로 바뀐다. 하지만 인간의 신체가 노쇠하며 그 숱한 모세혈관이 막히고 줄어들듯이, 감수성의 경화와 더불어 어느 순간의 그 '성질'에 대한 집착도 어떤 삶이 그 과정에서 이룬다고 가정하는 '작품'이라는 객관적 분류법으로 이동하게 될 것이다. 왜냐하면 그 성질이란 역시 실현할 수 없는 것으로서, '내가 모르는 것도 아니지만 끊임없는 연기에 불과한 이 삶이라는 희극'을 조종하는 그것이기 때문이다. 그래서 사르트르는 자신의 삶이란, 아름다움이 그 삶의 중심에 있고 자신은 그것을 획득하려고 온통 그 삶 속에 속해 있는 그런 사건이라고, 즉 자신은 모험과 같은 삶을 연기하고 있다고, 다소 감상적인 정의를 하기도 한다. 다시 말해, 모험이라든가, 순간의 덧없는 아름다움이라든가, 자신의 젊은 시절과 현재의 완숙한 노년과의 '관계' 등과 같은, 자신에게는 실현할 수 없는 것들에 대한 아쉬움과 안타까움이 문학과 예술로 눈을 돌리게 하고, 인간이 '스스로 만든 삶'이라고 정의하는 '작품'에 대한 기대를 하게 되고, '형이상학적 절대'로 생각하는 예술을 통한 구원을 꿈꾸게 하였다.

그러나 이는 아직 아름다운 삶을 실현하려는 애착이었을 뿐, 그가 항상 아쉬워하는 도덕적인 삶에는 미치지 못한다. 그의 '젊음이 와해된 후에야' 비로소 도덕에 대한 관심이 우세해졌다고 말한다. 그래서 자신과 같이 '예술을 통한 구원'을 주장하는 작가들을 싫어하게 되었고, 그 점에서 프루스트마저도 다소 그를 불안하게 하였고, 그래서 그들보다는 오히려 더 힘들고 고단한 삶을 살다 간 세잔, 비극적이고 현란한 삶을 산 랭보와 고갱을 부러워하는 것이다. 그의 표현대로 젊음과 정열, 따라서 모험심도 와해되자 도덕적인 삶에 눈길이 가고, 젊음의 치기를 벌충하고 싶은 생각이 들게 된 것은 바로 '철들 무렵'이다. 그래서 사르트르는 『구토』에서 지적하는 부르주아 소설의 인공적이고 고전주의적인 정밀한 시간성을 『자유의 길』, 특히 『유예』에서 다면적이고 동시적인 시점들로 분해한다.

3장
마감하며

이 책은 사르트르의 전반을 다루지 않았다. 오로지 그의 첫 번째 소설에 관해 조금 더 관심을 세분화해 보려 했다. 하지만 의도대로 잘 이루어졌는지는 의문이다. 오히려 더 관심을 몰아낸 게 아닌가 하는 걱정도 된다. 그럼에도 이 글이 어느 독자에겐가 쓸모 있는 글이 되길 막연히 희망해 본다.

정리하자면 우선 『구토』는 주인공 자신을 포함한 부르주아의 속성을 추적하여 드러내는 일종의 고발과 제시 문학에 속한다. 그리고 그 매체로 소개하는 분야는 소설과 이야기, 초상화, 그리고 재즈와 고전음악이다.

첫째로 로캉탱은 카페의 젊은이들이 나누는 대화를 현재의 자신과는 거리가 먼, "간명하고 진실 같을 수 있는 이야기"라고 경탄한다. 어떻게 저런 합리적인 확신과 쾌활함으로 일반개념과 공통관념에 의지해 자신을 표명할 수 있을까 생각하기 때문이다. 이야기에는 '진짜 이야기'가 별도로 존재하는 게 아니다. 한 줄의 이야기는 무릇 (발자크의) 소설처럼 시작과 결말을 설정하고, 한 줄 한 줄은 서로 유기적 관련을 가지며 다음 사건들, 즉 미래를 '예고'하는 가공의 이야기를 이루기 때문이다. 스탕달의 소설처럼 우리 독자에게 비실존 세계의 주인공들(『파르므의 승원』)과 맑은 고장(이탈리아)을 꿈꾸게 하기도 한다. 그것이 '이야기된 사건'(소설)과 실제 '경험한 사건'(일상)의 차이를 구성한다. 물론 일상의 이야기는 식당에서 들리는 어느 중년 부부의 혼란스런 대화처럼 사건의 맥락이 뒤섞이고 관심도 일정하지 않다. 하지만 반드시 유기적이어야 하는 '문장 언어의 결점'과 다르게 제스처(몸짓언어)는 간명하고 직접적인 전달력이라는 강점이 있다.

둘째로 '초상화'는 부르주아들에게 있어 허위의식의 예

술이다. 그들은 당연히 사회와 국가에 대한 책임과 의무를 이행하고, 따라서 그에 따른 권리의식도 당연시한다. '존재'와 '진실' 자체에 대한 성찰은 건너뛴다. 당연한 권리의식과 합리적 〈진실 같음〉의 시각으로 일관한다. 그리고 그들은 그 권리를 시선으로 표현한다. 그래서 로제 의사와 박물관 초상화 인물들의 시선은 고압적이거나 (마치 우리를 만들고 따라서 속속들이 다 아는 장본인이라도 되는 듯이) 동정同情적이다. 화가들도 옹호자의 주문에 따라 '진실'을 수정하고 왜곡하기도 한다.

  셋째로 소설에 소개되는 두 곡의 재즈는 주인공이 구역의 현상을 겪는 순간 그에게 위안을 가져온다. 1924년 동시에 발표된 〈머지않아 언젠가〉와 〈내가 사랑하는 남자〉이다. 오랜 전통의 고전음악과 대비되는 신대륙의 짧고 인상적인 음악이다. 거리를 활보하는 젊은 병사들에 의해 유럽에 전파된다. 신대륙은 비실존의 세계를 연상시킨다. 하지만 쇼팽의 〈전주곡〉은 그의 숙모가 남편을 잃은 후 슬픔을 극복하는 데 많은 도움이 되었다고 말한 사실 때문에 로캉탱으로부터 부르주아의 전유물로 상징화되고 억울하게

도(?) 그의 비웃음을 사게 된다. 이렇게 재즈에 많은 순간을 할애하면서도 고전음악에 대해서는 고작 이 정도만을 언급한다.

넷째로 '모험의 느낌'이다. 이는 로캉탱이 예술이나 소설 같은 비실존의 세계가 아니라 그야말로 '날 것'의 일상과 여행의 순간들을 상대로 꿈꿔 보았던 가상이다.

① 자신의 몸이 정밀précision기계가 된 느낌을 가진다거나 (50),

② "드물고 정밀한précisieuse 성질을 가진 순간"을 지난날 간절히 원했다거나(75),

③ 아니에게서 "현학적이면서도 매력적인 야릇한 정밀취향précisiosité"(264, 지성을 드러내는, 귀엽고 이상한 태도)을 재확인하면서 로캉탱은 이 같은 어간précisi을 가진 세 단어가 모두 '시간의 불가역성'(110), 즉 '모험의 느낌'을 주는 이야기의 속성과 관련이 있다는 사실을 언급하지 않는다. 그러나 여러 차례에 걸쳐 '시각'의 환영을 거두고 보니 결국 '모험'이란 책과 소설에나 있는 '실현할 수 없는 것'이었다. 소실점을 향해 사라지는 과거

의 뒷모습에 있지 현재의 순간 내가 모험 속에 있을 수는 없는 것이었다(77). 작가의 말처럼, 내가 파리에 체류 중이라 해도 '파리 속에' 있을 수 없는 거나 매한가지이다.

다시 말해 '모험'은

① 소설이 정밀기계의 톱니바퀴처럼 한 구절 한 구절 앞으로 일어날 사건들의 정보를 '저축'해 가고, 그 모두가 보이지 않는 고리로 연결되고,

② 잠시 뒤 일어날 사건들을 암시하고 예고하며,

③ 시작의 보이지 않는 한 귀퉁이에 몰래 필연적인 귀결을 숨기고 있었던 사실을 뒤늦게 알게 된 독자가 찾아낸 지시와 기호들의 필연적 관련을 소급해 플롯의 밀도를 판단하는 것처럼, '모험'은 단일하고 필연적인, 즉 아름다운 사건의 시간성으로 가능하며 과거에 대한 서술적 가상에 불과하다.

마지막 다섯째로 '최적의 상황'과 '완벽한 순간'도 마찬가지이다.

① 일종의 '작품의 시간성'이고 그 엄밀한 경지에 동참하

려는 염원이다.

② 이 완벽한 시간성에 대한 염원으로 프랑스 고전비극은 『시학』의 〈진실 같음〉을 작품의 시간까지 제어하는 일종의 '만능 규칙'(혹은 마스터키)으로 화려하게 부활시킨다(1637).

③ 1세기를 지나 디드로에게서 구체화된다. 그는 자신의 '부르주아극'을 통해 우선 기존 드라마극의 (3단일규칙에 따른) 선線적 진행 장치인 '막幕'이라는 단위를 분해한다. [이 시도는 19세기 말부터 본격적으로 진행될 '이야기의 죽음' fin de la fable(muthos), mort du 'bel animal'을 일찌감치 예고하는 의미가 있다.] 그리고 이 막을 서사 형태의 (각자 제각각이고 여담餘談적으로 진행되는) '조립된 장면montage'들로 대체하는데 디드로는 이를 '활경tableau vivant, 活景'이라 칭한다. 즉 풍속화처럼 등장인물들이 어느 순간 동작을 정지한 장면으로 '막'이라는 경직된 단위를 대체하며 '시간의 연결규칙'을 무시한다. 대단원에서는 주로 부르주아 가정의 화합과 행복의 메시지를 '완벽한 순간'의 시간성으로 표현하려 한다(1757-71).

④ 그리고 2세기 후 『구토』의 아니는 일상과 연극무대에서 또다시 '완벽한 순간'이라는 '작품의 시간성'을 실현하려고 젊음을 소진하였고 결국 실패하고 만다(1938).

⑤ 브레히트1898~1956가 '완벽한 순간'과 '활경'을 자신의 서사극(예컨대 〈억척 엄마〉)에서 동원한 것도 같은 이유에서였고, 채플린의 20년대 영화에서 영감을 받은 그의 사회적 '게스투스gestus' 개념은 이와 잘 조화되어 큰 반응을 얻게 된다.

이와 같이 『구토』는 '시간성 승화'에 실패한 기록이기도 하고 동시에 예술로의 초대이기도 하다. 주인공들의 실패를 통하여 예술의 비실재세계와 그 시간성을 부각하기 때문이다. 같은 부르주아 계급에 속한 아니, 로캉탱은 비록 다른 종種이라고 예외를 두어도, 부르주아 전반에 걸쳐 항상 승리한다고 생각하는 '더러운 놈들'을 통해 일종의 승자패勝者敗의 예를 보여 주며, 예술에의 입문은 『구토』의 주인공들과 같은 모험 패배자들의 기록을 통해 이루어진다는 패자승敗者勝의 세계를 암시하는 것이다. 보들레르의 '신천

옹〈알바트로스〉'처럼 모험가 시인은 지상에서는 실패한 자들인 것이다. 그리고 로캉탱 자신도 출판사에 소설 원고를 보내고 난 후로는 아니처럼 연명할 것이고, 혹시라도 모를 예술적 영생을 떠올리며 완전한 익명의 떠돌이로 파리의 공원들이나 오갈 거라 했다.

참고문헌

1. 텍스트

Beauvoir, Simone de, *La cérémonie des Adieux suivi de Entretiens avec J.-P. Sartre*, Gallimard, août-septembre 1974.

Sartre, J.-P., *La Nausée*, folio, Gallimard, 1938.

_____, *Qu'est-ce que la littérature?* folio, Gallimard, 1948.

_____, *Les Mots*, Gallimard, 1964.

_____, *Situations*, VI, Gallimard, 1964.

_____, *Un théâtre de situations*, idées, Gallimard, 1973.

_____, *Oeuvres romanesques*, bibliothèque de la Pléiade, Gallimard, 1981.

_____, *Les Carnets de la drôle de guerre*, Gallimard, 1995.

2. 『구토』 번역본

강명희, 하서출판사, 1999.

김미선, 청목출판사, 1994.

김재경, 혜원출판사, 1995.

김희영, 학원사, 1983(절판).

방 곤, 문예출판사, 1966.

양병식, 정음사, 1953(절판).

이경석, 홍신문화사, 1993(절판).

이종한, 교육문화연구회, 1995.

이혜정, 소담출판사, 2002.

이휘영, 신구문화사, 1964(절판).

최상규, 을지출판사, 1989(절판).

3. 사르트르에 관한 글

丁기자, 「서영해徐嶺海씨와의 대담기」, 『민성民聲』 제3권, 고려문화사, 1947.

Bianco, Jean-François, *La Nausée* (Parcours de lecture), Bertrand-La-coste, 1997.

Bunting, Thomas Christopher, *The 'Adventure' question*, thesis presented to Cornell University, 1987.

Cohen-Solal, Annie, *Sartre*, Gallimard, 1985.

Contat, Michel et Rybalka, Michel, *Les Ecrits de Sartre*, Gallimard, 1970.

de Coorebyter, Vincent, 「Le miroir aux origines」, In: *Sartre: Trois lectures*, Univ. Paris X, 1998.

Deguy, Jacques, *La nausée de Jean-Paul Sartre*, Gallimard, 1993.

Flajoliet, Alain, 「Sartre: 《La folie dans les livres》」, In: *L'écriture et la lecture, L'exemple de Sartre*, Publications des universités de Rouen et du Havre, 2011.

Génetiot, Alain, *Le Classicisme*, Puf, 2005.

Harvey, Robert, 「Panbiographisme chez Sartre」, In: *Revue philoso phique*, n. 3, Puf, 1996.

Hollier, Denis, 「Entretien avec Denis Hollier」, In: *Sartre contre Sartre*, Rue Descartes, n. 47, Puf, 2005.

Idt, Geneviève, *Analyse critique de La Nausée*, coll. profil, Hatier, 1971.

_____, *Le Mur de J. -P. Sartre,* Larousse, 1972.

_____, 「L'engagement dans 《Journal de guerre I》de J.-P. Sartre」, In: *Revue philosophique*, n. 3, Puf, 1996.

Jameson, Fredric, *Sartre, the origin of a style*, Yale university press, 1961.

Jeanson, Francis, *Sartre*, éd. du seil, 1955.

Joseph, Gilbert, *Une si douce occupation*, Albin Michel, 1991.

Lamblin, Bianca, *Mémoires d'une jeune fille dérangée*, Balland, 1990.

Lecarme-Tabone, Eliane, 「Le rabaissement de l'objet du désir dans *La Nausée*」, *Revue d'étude du roman du XXe siécle*, univ. de Lille III, 1988.

Lilar, Suzanne, *A propos de Sartre et de l'amour*, Grasset, 1967.

Monteil, Claude, *Les amants de la liberté*, Édition 1, 2000.

Murdoch, Iris, *Sartre, romantic rationalist*, Yale university press, 1953.

Roubine, Jean-Jacques, 「Sartre devant Brecht」, In: *Revue d'Histoire littéraire de la France*, nov/déc, 1977.

_____, 「Sartre entre la scène et les mots」, In: *Sartre/ Barthes*, revue d'Esthétique, n° 2, 1982.

Sorbets, Germaine, *Allô? Je vous passe Jean-Paul Sartre···*, Plon, 2002.

TERONI-MENZELLA, Sandra, 「Les Parcours de l'aventure dans *La Nausée*」, In : *Étude sartrienne* I, Cahiers de sémiotique textuelle 2, Paris X, 1984.

Wetzel, Marc, *La mauvaise foi*, profile philosophie 702, Hâtier, 1985.

4. 그 외의 글

이영호, 「유와 무」, 철학과 현실사, 2001.

Bonnet, Jean-Claude, 「Diderot a inventé le cinéma」, *Recherches sur Diderot et sur l'Encyclopédie*, vol. 18, 1995.

Bray, René, *La Formation de la doctrine classique en France*, Nizet, 1963.

Charpentier, Michel, Charpentier Jeanne, *Littérature*, 18e siècle, Nathan, 1987.

Civardi, Jean-Marc, 「Quelques critiques adressées au *Cid* de Corneille en 1637-1638 et les réponses apportées」, In : *L'information littéraire*, n. 1/2002.

Corneille, Pierre, *Trois discours sur le poème dramatique*, éd. Le Forestier, Sedes, 1963.

Couton, Georges, *Corneille et la tragédie politique*, Que sais-je?, 1984.

Doutey, Nicolas, 「Le regard et le présent: dramaturgies de la scène」, *Critique, Le théâtre sans illusion*, n° 699-700, éd. de minuit, 2005.

Frantz, Pierre, *L'Esthétique du tableau dans le théâtre du XVIII siècle*, Puf, 1998.

_____, 「Le rêve épique de Diderot」, *L'Épique: fins et confins*, Pufc, 2000.

Genette, Gérard, 「Vraisemblance et motivation」, In : *Figure II*, Seuil, 1969.

Gouhier, Henri, *L'œuvre théâtrale*, Flammarion, 1958.

Jobez, Romain, 「La double séquence du spectateur」, *Critique, Le théâtre sans illusion*, n° 699-700, éd. de minuit, 2005.

Kowzan, Tadeusz, *Théâtre miroir*, L'harmattan, 2006.

Larthomas, Pierre, *Le Langage dramatique*, Puf, 1980.

Lioure, Michel, *Le Drame de Diderot à Ionesco*, A. Colin, 1973.

Louette, Jean-François, *Traces de Sartre*, Grenoble: Ellug, 2009.

Mavrakis, Annie, 「Ce n'est pas de la poésie; ce n'est que de la peinture」-Diderot aux prises avec l'ut pictura poesis, *Poétique*, n° 153, Seuil, 2008.

Pavis, Patric, *Dictionnaire du théâtre*, Éd. sociales, 1980.

Rilke, R. M., *Die Aufzeinungen des Malte Laurids Brigge*, 김용민 번역, 릴케 전집, 책세상, 2000.

Sarrazac, Jean-Pierre, 「Le Drame selon les moralistes et les philosophes」, *Le Théâtre en France*, tome 1, A. Colin, 1992.

_____, *Avenir du drame*, Circé, 1999.

_____, *Jeux de rêves et autres détours*, Circé, coll. 《Penser au théâtre》, 2004.

Scherer, Jacques, *La dramaturgie classique en France*, A. G. Nizet, 1977.

Szondi, Peter, 「Tableau et coup de théâtre」, *Poétique*, n° 9, Seuil, 1972.

_____, *Théorie du drame moderne*, L'âge d'homme, 1983.

Truchet, Jacques, *La tragédie classique en France,* Puf, 1975.

Van Tieghem, Philippe, *Les grands doctrines littéraires en France*, Puf, 1946.

Valdin, Bernard, 「Intrigue et tableau」, *Littérature*, 1973, vol. 9.

Viala, Alain, *Le Théâtre en France*, Puf, 2009.

찾아보기